활기찬 노년과
빛나는 죽음을 맞으라

활기찬 노년과
빛나는 죽음을 맞으라

헬렌 니어링이 뽑아 엮은,
나이듦과 죽음에 관한 지혜의 말들

엮은이 헬렌 니어링 | 옮긴이 전병재

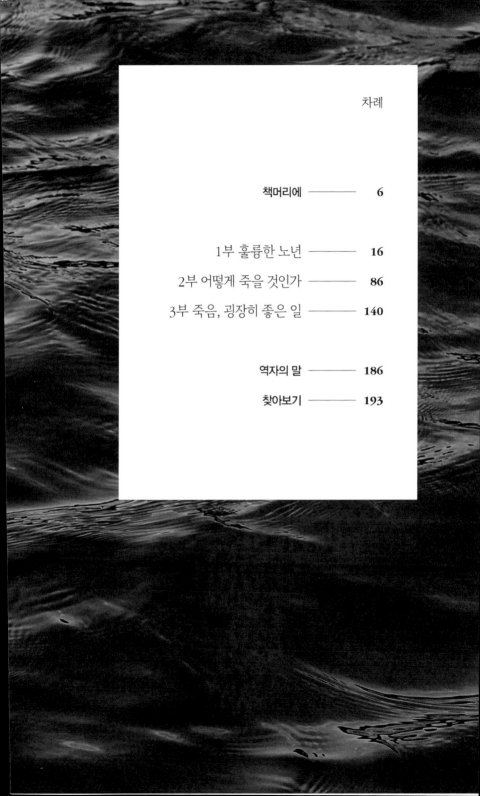

차례

책머리에

죽음 이후의 삶에 관해서 사색한 글은 많다. 하지만 죽기 전의 삶에 대해서는 어떤가? 어떻게 늙어가야 하는가를 배우는 것은 삶의 마지막 과제 중 하나이다. 그리고 어떻게 죽어야 하는가에 대해 배우는 것은 그야말로 삶의 최후의 과제다.

몸과 마음의 활력이 서서히 사그라지고, 인생의 내리막길에 있음을 스스로 깨닫게 되면 어떤 이는 평온하게, 또 어떤 이는 두려움에 떨며 마지막을 준비하게 된다. 노년과 죽음을 어떻게 맞이할 것인가는 그 누구도 아닌 각자의 문제이다. 그에 대해 어떤 자세와 행동을 선택할 것인가를 결정하는 것은 바로 나 자신이다.

자신만의 온전한 인생 경험은 다른 사람들에게 귀한 선물이 될 수 있다. 우리는 지금껏 살아오면서 알게 된 것을 어떤 형태로든 전해 주어야 한다. 지금까지 받아만 왔더라도 이제부터는 그간 배우고 얻은 것을 남들에게 줄 수 있다. 삶의 마지막 순간까지도 무언가 기여할 수 있는 기회는 있다.

몸이 늙었다고 훌륭한 삶을 영위할 수 없는 것이 아니다. 가령 병석에 누워 있거나 휠체어에 앉아서도 우리는 나름의 특별한 방법으로 크고 작은 기여를 할 수 있다. 파괴적이지 않은 방법으로 주변의 일들에 관여할 수 있다. 예컨대 다른 사람들의 이야기를 들으면서 함께 기뻐하고 즐거워할 수 있으며 화를 내거나 비판할 수도 있다. 몸은 활력을 잃겠지만, 마음과 정신만은 건강하고 힘차게 유지할 수 있는 것이다.

몸이 늙는다고 해서 마음마저 우울하고 염세적으로 될 필요는 없다. 성공적인 나이듦이 가능하며, 완전무결하다는 느낌이 들 때 노년기는 절정에 달한다. 노년은 피할 수 없는 종말을 넘어선 귀중한 열정으로 채워진 값진 참여의 시간이 될 수 있다.

이제까지는 우리의 삶 자체가 우리의 존재 의미였다. 그렇다면 지금 우리가 할 수 있는 것은 무엇인가? 우리는 우리 자신의 깨달음에 깊이를 부여할 수 있으며, 우리 삶의 각 시기에 배운 것들을 남들에게 나눠 줌으로써 우리 자신을 충만케 하고 남들에게 보탬이 될 수 있다. 그렇게 해서 우리는 삶의 마지막에 이르러 완성될 수 있다.

바로 지금 여기에서 훗날의 삶을 위한 조건들을 만들어야 한다. 우리가 지금과 같은 개별적 존재로 계속 남아 있느냐, 아니냐의 여부는 그다지 중요하지 않다. 더 중요한 것은 우리가 무엇을 배웠는가, 사람들에게 어떤 도움을 주었는가 하는 것이다. 우리는 많이 배울수록 더욱더 생산적으로 참여할 수 있고, 많은 교훈을 얻을수록 전체를 더 고귀하게 만들 수 있다.

훌륭한 노년은 경험의 극치요, 한 생애의 걸작이다. 우리 안에는 좋든 나쁘든 우리를, 그리고 세상을 발전시키고 변화시킨 행동과 생각이 있다. 그것이 무엇이었는지, 그리고 어떠한 목표를 향해 왔는지 우리의 내적 자아는 알고 있다.

모든 것이 이미 지나가 버렸지만, 지금 우리의 나이와 상관없이 우리는 여전히 스스로 통제할 수 있으며, 태어날 때와 같은 최상의 상태가 될 수 있다. 어떤 환경에서 태어났든 우리는 수많은 기회와 더불어 살아왔다. 좀 더 나아질 기회를 붙잡기도 했고 놓치기도 했다. 때론 쓸데없는 일에 시간을 허비하는 바람에 어떤 것도 성취할 수 없었던 반면, 어떤 때는 자신을 스스로 발견할 수 있는 최상의 여건을 만들기도 했다. 우리가 원하는 존재가 될 수 있는가, 아닌가는 여전히 우리 자신에게 달려 있다. 우리는 여전히 살아 있다.

동양의 철학과 종교에서는 삶의 첫 번째 단계가 배움을 위한 기간이다. 두 번째 단계는 가정과 사회 봉사를 위한 기간이며 마지막 단계는 한층 더 고귀한 자아와 정신적 성장, 관념적 사고 및 성찰을 위한 기간이다. 길고 건강한 노년은 그러한 변이를 위한 시간이며, 죽음이라는 졸업을 위한 준비를 하며 그 졸업이 가져오는 자유를 위한 시간이다. 죽음은 삶의 한 장을 덮으면서 이 세상에서의 활동을 끝내는 일이며, 출구로 나가는 통로이자 새로운 길로 나아가는 문이다.

죽어가는 것은 죽음이라는 최종 목적지를 향한 굉장한 모험의 과정이다. 그러니 어떻게 죽음을 즐거운 마음으로 기다리지 않으며, 행복한 마음으로 준비하지 않겠는가?

어떤 영국 노동자는 임종 때 삽과 쇠스랑을 자기 가까이에 놓아달라며 다음의 말을 했다고 한다. "내 관 속에 지니고 있으려고요. 죽은 뒤에 내가 그것을 가지고 무슨 일을 하게 될지는 모르겠지만." 그는 이런 방식으로 죽음에 대처하고 싶어 했다.

삶의 마지막 단계가 밝을 수도 어두울 수 있듯이, 죽음 역시 밝을 수도 어두울 수도 있다. 죽음은 몹시 괴로운 시련일 수도 있고 축복받은 사건일 수도 있다.

노년을 깊은 생각과 기품 있는 태도로 보낼 수 있듯이, 우리는 최소한의 고통으로 죽음에 다가갈 수 있고 품위 있고 공손하게 죽음을 맞이할 수 있다.

잘 살기 위한 기술이 있듯이 잘 죽기 위한 기술이 있다. 죽음으로 가는 건전한 길들이 있기에, 우리는 지혜롭고 가치 있게 퇴장할 수 있다. 죽음은 자연스럽고 바람직한 과정이요, 행복한 일이며, 잠깐 떨어져 있었던 전체로 되돌아가는 일이다. 성공적으로 나이듦을 축하하고, 기꺼이 그리고 즐겁게 그리로 되돌아가는 것이다.

내가 아흔 살이 되었을 무렵, 우리의 포레스트 농장을 찾아온 수많은 사람 중에 부모와 함께 온 한 소녀가 있었다. 그 아이는 사람들이 내 나이에 대해 경의를 표하는 말을 들었고 내가 집안과 정원을 슬슬 돌아다니는 것을 보았다. 떠나기 전 그 아이는 크레용으로 **헬렌에게**라고 쓴 종이 한 장을 나에게 주었다. 그 종이 앞면에는 소나무들과 날아가는 작은 새 두 마리 그리고 그 새들의 노랫소리를 나타내는 음표들이 그려져 있었다. 그리고 이렇게 씌어 있었다. **여든 아홉 살도 그렇게 나쁘지 않네요.** 그 아이가 내 나이가 되어서 이 말을 기억하게 될 수도 있을 것이다.

이 글을 쓰는 나는 지금 아흔한 살인데, 건강하고 행복하게 지내왔다. 이제 머지않아, 나는 이토록 오랫동안 나에게 봉사한 이 몸에서 벗어나는 것을 설레는 마음으로 기다릴 것이다. 이제 충분히 살았기에 다음 단계로 넘어갈 준비가 되어 있다.

하여 나는 우리를 둘러싸고 흘러가는 만유의 삶 속에서 죽음이 궁극적인 종말이나 완전한 정지라는 생각에는 동의할 수 없다. 탄생과 죽음, 그것은 청장년과 노년, 그 사이의 다른 시기들을 포함하는 삶 전체에서의 두 가지 사건일 따름이다. 삶은 그 모든 것을 연결하면서 그 너머로 계속 이어진다.

더 큰 순환 속에서 살아남는, 영원히 늙지 않는 '나'라는 것이 있는가? 어떤 면에서 보면 우리라는 존재에 나이란 아무 의미가 없다. 각각의 존재에게는 육체와 분리된 의식이 있는 것처럼 보인다. 그것은 몸이 죽은 뒤에 얼마나 존재하며, 그것을 기다리고 있는 것은 무엇인가?

하지만 그 이전에 우리가 해야 할 일은 계속해서 살아가는 것이다. 세월, 나날, 시간 그리고 순간들은 저 앞에 놓여 있다. 죽기 전에 그리고 죽을 때 우리의 삶은 그 무엇과 같을까?

『티베트 사자의 서』를 보면 죽어가는 사람은 **승리의 기쁨에 찬 사람**이라고 불린다. 고대 일본의 어느 곳에서는 자신의 종말을 깨달은 노인들이 홀로 죽음을 맞기 위해 산속으로 들어갔다고 한다. 에스키모들은 눈더미 속에서 고독하게 죽는다고 알려져 있다. 이러한 일들은 의식적인 퇴장이자 자발적으로 세상을 떠나는 것이며, 일종의 죽음에 대한 관리이자 통제이다.

내 남편 스콧 니어링은 유유히 그리고 선명한 의식 속에서 죽어갔다. 그는 자신이 무엇을 하고 있는지를 정확하게 알았기에 미리 죽음을 계획했다. 그가 명료하게 경험하고 싶어 했던 것은 심사숙고의 과정, 즉 삶을 유지하면서 죽는 것이었다. 그에게 죽음은 다만 성장의 마지막 단계, 자연스러운 생명의 행위에 지나지 않았다. 그는 자신이 끝에 다다랐음을 알았고, 자신의 선택과 결정에 따라 죽기를 바랐다. 그는 건전하고 평온하며 의미 있게 살았다. 그는 죽음을 앞두고도 바로 그렇게 살기를 소망했다.

어느 날 저녁 식사를 막 시작하려 할 때 그가 말했다. **더는 못 먹을 것 같아.** 그는 아흔아홉 살이었고 백 살을 앞두고 있었다. 그는 힘이 다 빠져 평소의 활기를 잃어버렸고 삶을 끝낼 준비를 하고 있었다. 그는 자신이 충분히 오래 살았다고 생각하면서, 죽음 너머에 무엇이 있는지 알고 싶어 했다. 그는 몸은 죽어도 정신은 살아남을 거라고 믿고 있었다. 또한 생명의 법칙에서 무언가를 배우고 거기에 헌신해 왔기에 이제는 거기에 참여할 준비를 하고 있었다.

백 번째 생일 한 주 전부터 그는 유동식만 먹고 딱딱한 음식은 삼갔다. 그는 쇠약해지고 기력을 잃어갔지만, 재치와 쾌활함 그리고 결단력은 잃지 않았다. 채소와 과일 주스로 단식을 한 지 일주일이

지났을 때 그는 이렇게 말했다. **이젠 물만 있으면 돼.**

그의 목표는 약과 의사 그리고 병원이나 요양소에서 강제로 먹이는 음식들을 멀리하는 것이었다. 그는 집에서 평온하게 그리고 가장 좋은 때에 죽기를 바랐다. 소박하고 침착하며 꿋꿋하게 죽기를 말이다. 그러고는 조용히 평안하게 그리고 의식을 지닌 채로 죽음 속으로 발을 내디뎠다.

물만 먹고 지낸 지 일주일 뒤 죽음이 다가온 바로 그 순간, 그는 초연한 자세로 그리고 여전히 의식이 있는 상태에서 마지막 숨을 내쉬었다. 잎이 떨어지듯 힘들이지 않고 편안하게, 그의 영혼은 떠나갔다. 그것은 가장 적절한 시기의 온화하고 침착한 출발이었다. 그는 가늘게 숨을 내쉰 다음 더는 숨을 쉬지 않았다. 이렇게 그는 적극적인 의지로 다른 곳으로 갔다. 바로 잘 죽는 기술을 실천한 것이다.

과감하고 자발적인 그의 종말을 지켜보면서, 나는 그 과정을 글로 쓰지 않으면 안 되겠다고 생각했다. 그리하여 나는 『아름다운 삶, 사랑 그리고 마무리』라는 그의 전기를 썼다. 그러기 위해서 나는 죽음에 관해 쓴 글들을 열심히 읽었고, 적절한 인용을 위해 내가 오십 년 이상 모아온 고대와 현대 작가들의 책을 활용했다.

이제 이 책에 대해 말하려 한다. 수많은 글에서 내가 깨달음과 영감을 얻었듯이 독자들도 그러하기를 바라는 마음에서 이 책을 바친다. 여기 이 글들은 잃어버리기에는 너무 아까운 것들이다. 사람들은 인간의 궁극적 운명에 대해 오랫동안 깊이 생각해 왔다. 그들의 생각으로부터 무언가 배울 수는 없을까. 좋은 말은 한데 꿰어진 진주알과도 같기에 소중하게 품어야 한다. 에머슨은 「지성의 찬양」에 다음과 같이 썼다.

하루살이가 아닌 영원을 향한 배움이 될 글을 단 몇 줄만이라도 매일매일 읽는 것은 참 좋은 습관이다

랠프 월도 에머슨, 「지성의 찬양」, 1871

헬렌 니어링

* 날짜와 원전을 세밀하게 추적하는 일이 쉽지만은 않았다. 엮은이는 많은 노력을 기울였다. 빠진 게 있다 해도 노력이 부족해서 그런 것은 아니다.

모든 것은 죽음과 함께 끝이 나는가? 상상할 수 있는 사후 세계란 존재하는가? 우리는 어디로 가고 무엇이 되는가? 우리가 삶이라 부르는 덧없는 환영의 이면에는 무엇이 우리를 기다리는가? 맥박이 멈추는 순간, 우리는 기쁨으로 가득 찰까 아니면 수심에 젖을까? 끝없는 어둠이 시작될까 아니면 영원한 빛이 시작될까?

모리스 메테를링크, 『시간을 헤아리며』, 1907

나는 나이를 먹어간다는 사실을 두려워하고 있는 사람에게

노년은 발견의 시간이라고 말해 주고 싶다.

만약 그가 "무엇을 발견한다는 말이오?"라고 묻는다면,

나는 "혼자 힘으로 발견하셔야 합니다.

그렇지 않으면 발견이 아닐 테니까요."라고

대답할 수밖에 없을 것이다.

플로리다 스콧 맥스웰, 『생애를 되돌아보며』, 1968

1부

훌륭한 노년

늙는다는 것은 사람에게 일어나는 일들 가운데 가장 예기치 못한 일이다.

레온 트로츠키, 『망명 일기』, 1929

사람은 누구나 오래 살기를 바랄 뿐, 늙기를 바라지는 않는다.

조너선 스위프트, 『수필집』, 1740

어떻게 늙어야 하는지를 아는 사람은 거의 없다.

프랑수아 드 라 로슈푸코, 1664

나는 늙었다. 하지만 현명한 사람들을 보면 내가 아직 어리다는 것을 깨닫게 된다. 나는 저 멀리 있는 별들 속에서, 큰 뜻을 품은 조화로운 영혼들을 들여다본다. 그러면 나는 여전히 스스로에 대한 이방인이며, 아직도 추구해야 할 명예가 많이 남아 있는 청년임을 깨닫는다. 나이 든 체하는 모습은 참으로 어리석다.

랠프 월도 에머슨, 《저널》, 1847

나는 지금의 내 나이를(당시 그는 쉰여섯이었다), 연륜에서 오는 보상과 이익을, 그리고 그 소박한 자유와 독립심과 추억을 너무나 사랑한다. 그러나 나는 이 나이를 오래 누리지는 못할 것이다. 아주 빨리 지나가 버리는 나이이기 때문에.

헨리 제임스, 〈젊은 여성에게 보내는 한마디〉, 1899

나의 노년은 피어나는 꽃입니다.
몸은 이지러지고 있지만
마음은 차오르고 있습니다.

빅토르 위고, 〈한 편지에서〉, 1869

숨을 거둘 때 나는 힘이 완전히 소진되기를 바란다. 왜냐하면 열심히 일할수록 더 오래 살 수 있기 때문이다. 나는 삶 그 자체를 위해서 삶을 누린다. 나에게 삶이란 타올랐다 꺼져버리는 촛불이 아니다. 그것은 내가 얼마 동안 높이 들고 달려야 할 횃불 같은 것으로, 나는 그것을 환하게 밝혀서 다음 세대에 건네주고 싶다.

조지 버나드 쇼, 『예술과 화폐』, 1907

스물이든 여든이든 간에 배우기를 그치는 사람은 늙는다. 그러나 계속 배우는 사람은 젊음을 유지한다. 삶에서 가장 훌륭한 일은 당신의 마음을 젊게 가꾸는 것이다.

헨리 포드, 1940

변화를 두려워하지 않고 지적 호기심이 넘치며, 큰일에 몰두하고 작은 일에도 행복을 느낄 수 있다면, 어떠한 병이나 고난과 슬픔이 닥치더라도 우리는 나날의 삶을 넘어 오래 살 수 있다.

이디스 워튼

성장은 유년기와 청년기, 그리고 일흔이 넘어서도 계속될 수 있다. 그것은 도전할 만한 목표가 있는 한, 살아 있는 마지막 순간까지도 계속될 수 있다…. 요컨대 몇 살이 되든 우리의 성장은 절대 멈추지 않는다. 우리는 팔십 대 심지어는 구십 대에도 계속 성장할 수 있다.

베티 프리단, 『나이의 샘』, 1993

나이를 먹어가면서 우리는 늙음이 무능력 이상의 것임을 알게 된다. 그것은 강렬하고 다채로운 경험으로, 우리 자신의 능력을 넘어 숭고하게 고양되는 그 무엇이기도 하다.

플로리다 스콧 맥스웰, 『생애를 되돌아보며』, 1968

미켈란젤로는 대표적인 그림 몇 점을 여든이 넘은 나이에 완성했다. 괴테는 여든이 넘어서도 글을 썼다. 에디슨은 아흔두 살에도 여전히 발명을 하고 있었다…. 프랭크 라이트는 아흔의 나이에 가장 창의적인 건축가로 인정받았다. 쇼는 아흔에도 여전히 희곡을 쓰고 있었다. 모제스는 일흔아홉에 그림을 그리기 시작했다. 그리고….

맥스웰 말츠, 『인공두뇌학』, 1966

노인 같은 젊은이를 만나는 것만큼이나

젊은이 같은 노인을 만나는 것은 기쁜 일이다.

키케로

예순의 나이에도 여섯 살짜리 아이처럼 자랄 수 있다.

노년기는 자기 발전과 해방, 영혼의 성숙을 위한 시간이다.

게이 게이어 루스, 『제2의 삶』, 1979

오래 살게 되어도 늙지는 마십시오. 우리가 태어난 '위대한 신비' 앞
에서 호기심으로 가득 찬 아이들처럼 계속 살아가십시오.

알베르트 아인슈타인, 『사람다운 면』, 1979

하루하루를 보내면서 나는 점점 더 궁금증 많은 아이가 되어갑니다.
나는 이 세상에 태어나는 것들, 예부터 내려오는 것들, 보이는 것들,
들리는 것들… 이런 것들에 길들 수가 없습니다…. 앞으로 살 나날
들이 지금처럼 입을 다물 수 없는 경이로움으로 가득 찼으면 좋겠
습니다.

로버트 루이스 스티븐슨, 〈R.A.M. 스티븐슨에게 보내는 편지에서〉, 1894

만약 어린아이들의 세례를 관장하는 착한 요정이 있다면 나는 이런 부탁을 할 것이다. 노년기의 권태와 환멸, 인위적인 것들에 대한 쓸데없는 집착과 우리의 힘을 소진시키는 것을 이겨낼 수 있는 확실한 대책으로, 평생 잊히지 않을 경이감을 모든 어린아이에게 안겨주라고 말이다.

레이첼 카슨, 『침묵의 봄』, 1962

인생의 마지막 순간은 예상보다 빨리 찾아오기에,
되도록 일찍부터 삶을 즐기며 많이 웃고 울어야 합니다.
이것을 깨닫는 것이 진정한 아름다움입니다.

린 헬튼, 『나는 곧 없어질 것이다』, 1972

많은 사람이 나이에 쫓기고 화살처럼 빠르게 지나가는 시간에 놀라면서 노년이라는 신화에 이내 무릎 꿇고 항복하고 만다···.
그러나 몸의 늙음은 정신의 늙음을 의미하지 않는다. 우리를 빨리 늙게 만드는 것은 노년에 대한 우리의 잘못된 관념이다.

애슐리 몬터규, 「젊어진다는 것」, 1981

우리는 바로 다음 순간이 자신의 마지막이 될 것처럼 한 순간도 헛되이 보내지 말아야 한다. 어느 날 갑자기 죽을지도 모른다는 걸 늘 염두에 두면서 침착하게 살아나가야 한다…. 이런 이상적인 마음 상태에 가까워질수록 우리는 더욱더 행복해질 것이다.

아널드 토인비, 『죽음에 대한 관심』, 1968

모든 순간은 그렇게 여기고자 하는 이에게는 금빛으로 빛난다. 세상이 온통 죽음으로 가득 차 있다 해도, 삶은 모든 순간이며 바로 지금이다.

헨리 밀러, 『성의 세계』, 1957

만약 당신이 하루하루를 기쁨으로 맞이한다면, 그리하여 삶이 꽃과 달콤한 풀잎처럼 향기를 내뿜으면서 영원토록 생기 있게 빛난다면, 당신은 성공한 것이다…. 당신은 미지의 세계로 나가야 한다. 또한 이를 위해 음식과 옷을 장만해야 한다.

헨리 데이비드 소로, 『월든』, 1854

영원히 죽지 않는 방법은 한 가지밖에 없다. 그것은 힘닿는 한 씩씩하고 성실하게, 그리고 활기차게 살아가는 것이다.

헨리 반 다이크

삶에서 가장 중요한 것은 기나긴 여행에서의 모험담을 가슴 깊이 간직하는 것이고, 달콤하고도 쓰디쓴 경험을 기대하는 것이며, 상금보다는 목표를 추구하는 것이다. 그리고 결코 찾을 수 없을 것이라 생각했던 곳에서도 인내와 희망과 지혜의 보석을 찾아내는 것이다.

아서 크리스토퍼 벤슨, 『잔잔한 물가에서』, 1907

어디서든 어떤 상황에서든 살아갈 수 있습니다…. 그 기적을 생생하게 간직하십시오. 언제나 기적 속에서 살아가십시오. 그 기적을 한층 더 신비롭게 가꾸십시오. 오직 신비로운 삶을 살아가겠다고 다짐하십시오. 모든 것이 신비롭다고 생각하십시오. 신비한 모습으로 숨을 거두십시오. 기적의 싹이 보존되어 자라나기만 한다면, 얼마나 많이 망가졌는지는 중요하지 않습니다.

헨리 밀러, 1941

육체와 교류를 나누지 않는 영혼은 싹이 터서 꽃으로 활짝 피어
난다.

세네카

예컨대 생체 실험실이자 시련의 한복판이었던 나치 수용소에서도,
어떤 사람은 돼지처럼 행동하고 또 어떤 사람은 성자처럼 행동했습
니다. 우리가 어떤 사람이 되느냐는 외부의 상황이 아니라 자신의 결
단에 달려 있습니다…. 자신의 운명과 그에 따른 고통을 받아들이
는 것 그리고 자신의 십자가를 짊어지는 것은 가장 힘든 상황에서도
삶을 보다 의미 있게 만들 기회가 됩니다. 용감하고 고귀해질 수 있
으며 남에게 도움을 줄 기회 말입니다. 이런 특별한 기회는 자신의
짐을 스스로 짊어질 때 생겨납니다.

빅터 프랭클, 『죽음의 수용소에서 실존주의로』, 1946

행복은 환경보다는 자기 자신의 성격에 더 많이 달려 있다.

마사 워싱턴, 1800

진정 마지막 순간까지 생각하고 느끼는 것을 말할 수 있다면, 예전보다 더 많은 것을 알고 다른 사람들의 시선을 두려워하지 않으며 다음 세대를 위해 만들어 놓은 미지의 세계로 나아갈 수 있다면, 우리는 고통과 더불어 살아가면서도 자유롭고 즐거운, 노년에 대한 새로운 이미지를 창조하게 될 것이다.

베티 프리단, 『나이의 샘』, 1993

남아 있는 힘은 줄어들수록 더욱 소중해집니다. 나는 한쪽 귀를 잃었지만, 지금처럼 감미로운 소리를 들어본 적이 없습니다. 내 눈은 너무 나빠져서 젊은 시절 자연을 보여주었던 그 빛이 희미해졌지만, 지금처럼 순수한 기쁨으로 자연을 마주한 적이 없습니다. 내 수족은 이내 지치겠지만 무한한 창조의 섭리가 드러나는 이 활짝 열린 공간에서 내 수족을 움직일 수 있는 특권을 지금, 이 순간처럼 소중하게 느껴본 적이 없습니다. 나는 매일 꼬박꼬박 먹는 이 소박한 음식을 이렇듯 맛있게 먹어본 적이 없습니다. 비록 삐걱거리고 흔들리기는 하지만, 나는 이 세상에 하나뿐인 나의 움막집에 너무나 큰 감사를 드립니다.

윌리엄 엘러리 채닝, 〈루시 에이킨에게 보내는 편지에서〉, 1940

꽤 오래 가치 있게 살다가 예순이나 예순둘, 예순다섯 아니면 어떤 나이에서건 갑작스레 생산력이 없어질 수 있다는 통념은 정말 소름 끼치도록 비인간적이다. 우리는 나이가 들면서 생산력이 점점 약해지는 것에 유연하게 대처해야 한다. 그리고 나이가 들수록 사회를 도울 수 있는 능력은 점점 더 향상된다는 사실 또한 알아야 한다.

에이브러햄 캐플런, 『사랑… 그리고 죽음』, 1973

겨울은 내 머리맡에 바싹 다가와 있지만, 봄은 언제나 내 가슴속에 있다. 삶의 끝에 다가갈수록 나는 나를 초대하는 세상의 교향악을 한층 더 선명하게 듣는다…. 오십여 년 동안 나는 내 생각을 산문으로, 시로, 역사로, 드라마로, 소설로, 전설로, 풍자로, 송시로 그리고 노래로 써왔다. 이 모든 것을 써왔지만 내 속에 있는 천 번째 것은 아직 말하지 않았다. 하여 무덤으로 내려갈 때 "이제 내 하루 일을 마쳤다."라고 말할 수는 있겠지만, "내 평생의 일을 마쳤다."라고는 말할 수 없다.

빅토르 위고, 1880

질 때 더 커지는 태양과 같은 삶이 이상적인 삶입니다.

월터 보르츠, 『우리는 아주 조금밖에 살지 못하고 아주 빨리 죽는다』, 1991

여든 살 때 고야는, 얼굴이 온통 백발과 수염으로 뒤덮인 채 지팡이를 짚고 있는 옛사람을 그리면서 "나는 아직도 배우는 중입니다."라는 말을 남겼다.

시몬 드 보부아르, 『노년』, 1972

나는 더 이상 나아질 가능성이 없다는 생각에 매달리기보다는, 삶 자체를 누리면서 살고 싶다. 예순다섯이 되면 삶의 불꽃이 꺼진다는 사회적 통념은 결코 받아들일 수 없다.

로저 밀즈, 1993

이제 나이도 들었으니 그만 쉬라는 말에 디오게네스는 이렇게 말했습니다. "내가 경기장에서 달리고 있을 때, 결승점이 가까워졌다고 해서 발을 늦추어야 합니까? 오히려 좀 더 속력을 내야 하지 않을까요?"

작자 미상

30

젊음은 스쳐 지나가는 한 시절이 아닙니다. 그것은 마음의 상태입니다. 사람은 오래 살아서가 아니라 이상을 버림으로 늙게 됩니다. 세월은 당신의 피부를 주름지게 하지만, 열정을 잃으면 당신의 영혼이 주름집니다. 당신은 당신의 믿음만큼 젊어지며 당신의 의심만큼 늙어갑니다. 당신의 자신감이 젊어질수록 당신의 두려움은 늙어갑니다. 당신의 희망이 젊어질수록 당신의 절망은 늙어갑니다. 당신의 가슴 한가운데에는 기록실이 하나 있는데, 거기에 아름다움과 희망 그리고 환희와 용기의 메시지를 많이 간직할수록 당신은 좀 더 젊어질 수 있습니다. 그 방의 철사가 모조리 내려앉고 당신의 가슴이 비관의 눈과 냉소의 얼음으로 뒤덮이는 오직 그때에만 당신은 늙게 되는 것입니다.

더글러스 맥아더, 「믿음」, 1955

삶이 잘못 떠진 편물처럼 노인의 두 손에 다만 의미 없는 털실 가닥을 남긴 채 한 코 한 코 풀어져야 할 까닭은 없다.

시몬 드 보부아르, 『노년』, 1972

삶이 그렇게 비참한 것입니까? 비참한 건 오히려 너무 작은 당신의 손이나 진흙투성이가 된 당신의 눈 아닙니까? 당신은 더 성장해야 합니다.

다그 함마르셀드, 『흔적』, 1964

몸은 제쳐 두고, 어느 한 군데 달라지지 않고 죽는 것은 헛산 것이나 마찬가지이다.

휴 랑송 포싯, 『마음을 다해』, 1952

예순셋이나 일흔, 일흔다섯, 여든이나 아흔쯤에는 죽게 될 것이라는 명백한 사실 앞에서 가장 큰 문제는 여생을 어떻게 보낼 것인가 하는 것입니다. 삶을 마감하는 순간에도 살 수 있으리라는 확신을 갖기 위해 우리는 지금 어떤 모험을 할 수 있을까요? 나이를 먹는다는 것이 과연 모험이 될 수 있을까요?

아나톨 브로야드, 『뉴욕 타임스』에 나온 기사, 1990

의심과 두려움 속에서 인생을 허비하지 마십시오. 바로 지금 해야 할 일을 다하는 것이 다가올 시간이나 노년에 가장 잘 대처하는 방법이라는 확신을 갖고 있다면, 당신에게 주어진 일에 온 마음을 쏟으십시오.

랠프 월도 에머슨, 「불멸」, 1885

어떻게 살아야 할지를 아는 사람은 죽음이라는 말을 결코 두려워하지 않는다.

보몬트와 플레처, 『이중 결혼』, 1679

삶이 이내 끝날 것이라는 사실을 두려워하기보다는, 삶이 이제는 결코 시작될 수 없다는 것을 두려워하십시오.

카디널 뉴먼

삶은 우리가 다른 시공간에 살았던 훌륭한 인물들과 같은 완전한 인물로 성장할 때 참된 의미를 갖게 된다.

이스라엘 마틴, 『영원한 삶의 본질』, 1976

삶에서 커다란 의미를 찾지 못할 때 산다는 것은 한낱 골치 아픈 일에 불과하다.

윌라 캐서, 『종달새의 노래』, 1915

시간이 흐를수록 우리는 늙어갑니다. 만약 우리가 노년에 이르러 삶의 의미와 가치를 찾지 못한다면, 그것은 우리의 청춘 또한 공허했음을 보여주는 것입니다.

에이브러햄 캐플런, 『사랑… 그리고 죽음』, 1973

신이 우리가 어쩌면 이룰 수도 있었을 모든 일과 우리가 허비해 버린 모든 재능을 우리에게 보여줄 때 지옥은 시작된다…. 내게 지옥의 의미는 '너무 늦었다'라는 두 단어에 담겨 있다.

잔 카를로 메노티

먹을 때와 잠잘 때만 행복을 느낀다면, 도대체 그는 어떤 사람입니까?

윌리엄 셰익스피어, 『햄릿』

우중충한 분위기의 거실에서 오가는 얘기조차 없이 시간을 보내는 것보다 더 비참한 일은 없다.

로버트 루이스 스티븐슨, 『소년 소녀를 위하여』, 1881

둔하고 늙은 몸에 지나치게 마음 쓰지 마십시오…. 삶의 전환기가 다가올 때마다 아주 가볍고도 단호하게 조금씩 당신의 몸에서 벗어나십시오. 더불어 배고픔과 잠, 우스꽝스러운 욕구와 허영심에서 벗어나십시오. 마지막까지 육체에 매이거나 눌리지 않으리라 마음먹으며 다만 몇 걸음이라도 앞서 나가십시오.

에드워드 카펜터, 『민주주의를 향하여』, 1883

다른 사람들이 당신에게 '노년'에 관한 근거 없는 믿음을 강요하는 것에 속지 마십시오. 젊음, 나아가 활력을 느끼는 것은 자연스러운 일입니다…. 유년기의 다짐을 지키고 젊음을 온전하게 표현할 수 없다면, 도대체 노년은 무엇을 뜻합니까? 노년은 삶에서 가장 행복한 순간이 될 수도 있습니다.

애슐리 몬터규, 『젊어진다는 것』, 1981

우리의 비극은 미처 제대로 살아보기도 전에 죽는다는 것이다.

에리히 프롬

중요한 것은 삶의 길이가 아니라 삶의 깊이이다.

랠프 월도 에머슨, 「불멸」, 1885

나는 일을 할 수 있는 한 죽고 싶지 않다. 그리고 내가 일을 한다면 죽어야 할 까닭이 없다. 그러므로 나는 오래 살 것이다.

알베르트 슈바이처, 〈수행원들과 나눈 대화에서〉

가장 큰 비극은 죽음이 아니기에 죽음을 두려워할 필요는 없다. 우리에게 가장 큰 비극은 살아 있는 동안 충분히 삶을 누리지 못한다는 것이다.

노먼 커즌스, 『병의 해부』, 1971

죽을 수밖에 없다면 어떻게 살아가야 할 것인가? 바로 이것이 가장 중요한 문제이다.

마이클 노박, 『무의 경험』, 1970

우리는 수평적으로 살고 있다. 자신도 모르는 사이에 깊이 파 들어가고 높이 솟구쳐오르는 수직적인 삶을 사는 것이 아니다.

루이스 안스파흐, 『미지에 대한 도전』, 1947

그 누구도 삶을 온전하게 누리지 못한다. 우리가 할 일은 자신의 본질을 밝혀내고 의식을 한층 더 고양하는 것이다. 근원으로 돌아가기를 원한다면, 우리는 평생 징성을 다해야 한다.

플로리다 스콧 맥스웰, 『생애를 되돌아보며』, 1968

우리는 모두 삶을 맘껏 누리지 못한 죄를 짓고 있다. 그러나 어쩌면 우리는 자유로운지도 모른다. 이루지 못한 일은 잊고, 어떤 일이든 할 수 있는 일만 할 수도 있다. 우리가 지닌 이 힘은 누구도 감히 상상할 수 없다.

헨리 밀러, 『섹서스』, 1949

삶이 어디서 끝나는지는 중요하지 않습니다. 삶의 가치는 길이가 아닌 쓸모에 의해 평가됩니다. 어떤 사람은 오래 살지만 어떤 사람은 일찍 죽습니다. 살아가는 동안 삶 자체에 마음을 쏟으십시오. 삶은 당신이 살아온 시간이 아닌 당신의 의지 속에 있습니다.

미셸 드 몽테뉴, 『수상록』, 1580

오래 사는 것이 꼭 좋은 일은 아니지만, 훌륭한 삶은 충분히 오래 지속할 만하다.

벤저민 프랭클린

우리가 얼마나 충만한 삶을 살았는가 하는 것은 얼마나 오랜 세월을 살아왔는가가 아니라, 살아온 날들과 시간이 얼마나 충만했는가, 그리고 그 시간 동안 얼마나 충만한 경험을 했는가에 달려있다.

에이브러햄 캐플런, 『사랑… 그리고 죽음』, 1973

나는 더 오래 살려고 애쓰느라 시간을 허비하지는 않을 것이다. 그저 주어진 시간을 잘 활용할 것이다.

잭 런던

죽음에 당당히 맞서는 때에 얻는 마음의 평화와 자유에 견주어보면, 몇 년 더 살거나 덜 사는 것은 그리 중요하지 않다.

시몬 드 보부아르, 『한창때』, 1963

삶의 무상에 관한 긍정적인 경험은 남아 있는 나날을 최선으로 보낼 힘을 준다.

아돌프 루카스 피셔, 『나이듦에 대하여』, 1966

지혜로운 사람은 살 수 있는 시간만큼이 아니라 살아야 할 시간만큼 산다. 우리는 양의 관점이 아니라 질의 관점에서 삶을 생각해야 한다. 삶을 누리는 방법을 알 때 우리는 오래 살 수 있다.

세네카, 『서간집』, A.D. 60

나이 들어 서서히 육신의 죽음이 다가옴을 느끼게 되면, 우리는 지나치게 집착하고 있는 생명과 이 세상이 얼마나 무상한가를 더 잘 깨닫게 된다.

휴 랑송 포싯, 『마음을 다해』, 1952

나이가 들면서 지혜로워진 사람들에게 죽음은 종종 삶의 당연한 결실을 뜻하기도 한다. 죽음은 더 풍부한 삶과 끊임없는 재생을 보증하는 자연의 법칙이다. 시간과 관습은 변하지만 나이 든 사람들은 변화에 싫증을 느낀다. 즉 다른 사람들이 그 자리를 대신할 때가 온 것이다. 나이 든 사람은 말없이 그리고 기꺼이 무대를 떠나야 한다.

아서 데이크먼, 『미국 정신 의학 입문서』, 1974

오래 사는 것이 좋은지 빨리 죽는 것이 좋은지는 판단할 수 없는 문제이다. 잠자리의 낮이나 나방의 밤은 그들의 생명 주기가 짧다고 해서 의미 없지 않다. 그것은 시간과 지속 기간, 연속성과는 상관없으며, 다른 기준으로 평가되어야 한다.

앤 모로 린드버그, 『바다로부터 온 선물』, 1955

삶이 얼마만큼 주어지든 간에 거기에 만족할 수 있어야 한다…. 왜냐하면 삶이 아주 짧더라도 우리는 매우 멋지고 영예로운 삶을 살 수 있기 때문이다. 그러니 사랑스러운 봄이 지나고 여름과 가을이 왔다고 농부들이 슬퍼하지 않듯이, 우리 또한 슬퍼할 필요가 없다.

키케로, 『최고선악론』, B.C. 45

나는 죽는 순간 드리는 기도가 "제발."이 아니라 "감사합니다."가 되어야 한다고 생각한다. 잠시 머문 곳을 떠날 때 문간에서 손님이 주인에게 감사의 뜻을 표하듯이 말이다.

애니 딜러드, 『팅커 계곡에서의 순례』, 1975

자연뿐만 아니라 인간에게도 사계절, 즉 봄, 여름, 가을, 겨울이 흘러간다.

장자

내 경험에 비추어볼 때, 자비로운 운명이 우리의 삶에 적절한 한계선을 그어주는 것은 참으로 바람직하다고 할 수 있겠습니다.

지그문트 프로이트, 〈토마스 만에게 보내는 편지에서〉, 1955

우리에게 주어진 삶은 보통 칠십 년이다. 거만하게도 영원히 살고 싶은 사람에게는 짧은 시간이지만, 겸손한 사람에게는 충분히 긴 시간이다…. 세 세대에 걸쳐 체제와 도덕과 정책의 변화를 지켜볼 만큼 오래 산 지혜로운 사람이라면 마침내 삶에 장막이 드리워질 때 자기 자리를 털고 일어나 "음, 아주 멋진 쇼였어."라고 말하며 떠날 수 있어야 한다.

린위탕, 『생활의 발견』, 1937

때로는 일흔 살에 마흔 살처럼 사는 것이 마흔 살에 일흔 살처럼 사는 것보다 더 밝고 희망찰 수 있다.

올리버 웬델 홈즈

노년에 이른 나는 삶에, 다만 나의 삶에 감사를 드린다. 떠나기 전, 건강과 한낮의 태양 그리고 영묘한 공기에 감사를 드린다.

월트 휘트먼, 『풀잎』, 1892

원숙함은 삶의 결실입니다. 그것은 당신의 겉모습이 어떻든 당신의 내면을 밝게 빛나게 해 줄 것입니다.

스튜어트 에드워드 화이트, 『날개를 접고』, 1947

가족 중에 노인이 있다면 그 가족에게는 보석이 있는 것이다.

중국 속담

오, 사람의 형상 속에 들어 있는 천상의 영혼이여,

노년이 내 고귀한 소망을 욕되게 하지 말지어다.

어린나무들이 연기 속에서 덕을 소진하는 동안,

오래된 나무는 활활 타오르며 가장 화려한 불꽃을 피워내는구나.

내 얼굴 위로 자라나는 백발이

그대의 눈에 욕되어 보이지 않게 할지니,

모든 이들이 그대에게 경의를 표하는

가장 기분 좋은 광경을 백발이 선사하기 때문이다.

노년은 지혜로움과 변치 않는 진실로 가득 차 있으니,

지혜롭게도 방랑벽을 이겨내고

젊음이 지닌 것은 무엇이든 알고 있으며

명예로 인한 그 어떤 위대한 것도 압도하는구나.

그대 자신도 노년으로 솟아오를 것이니,

노년이 내 고귀한 소망을 욕되게 하지 않기를.

필립 시드니 경, 1580

산봉우리까지 올라갔으나 황량한 명예의 꼭대기에서 나는 쉴 곳을 찾지 못하였습니다. 안내자여, 빛이 사라지기 전에 삶의 결실이 황금빛 지혜로 익어가는 고요한 골짜기로 저를 데려가소서.

라빈드라나드 타고르, 『길 잃은 새들』, 1917

시인처럼 살 때 인생의 황혼을 가장 행복한 시절로 바라볼 수 있다. 또한 두려움으로 노년을 뒤로 밀어 놓기보다 간절히 기다리는 마음으로 살 때 노년을 가장 행복한 시기로 만들 수 있다.

린위탕, 『생활의 발견』, 1937

삶은 이지러지고,
모든 거친 열정들은 잠잠해지는,
풍성하고도 고요하며 행복한 날을 위하여!

월트 휘트먼, 『풀잎』, 1892

삶은 활기찬 노년으로 가는 여행이면서 명상, 사랑, 명랑함 그리고 근본적인 의미에서 가장 만족스러운 시간으로 가는 여행이다…. 노년은 풍요로운 삶을 거두어 누리는 수확기가 되어야 한다. 이로써 노년은 성장과 발전을 위한 특별한 시간이 될 것이다.

애슐리 몬터규, 『젊어진다는 것』, 1981

나와 더불어 늙어갑시다! 삶의 끝이 가장 좋은 때이니,
삶의 처음은 이 끝을 위해 만들어졌습니다.

코버트 브라우닝, 『랍비 벤 에즈라』, 1880

노년, 특히 존경받는 노년은 아주 큰 권위를 갖고 있기에,
젊음이 누리는 온갖 즐거움보다도 더 값지다.

키케로

재치와 유머 감각, 건강과 매력을 지닌 채 노년까지 산다는 것은 삶의 가장 큰 수확입니다.

에후디 메누힌, 『끝없는 여행』, 1981

자유롭고 힘차며 사랑스러운 젊음이여,

우아함과 열정으로 흘러넘치는 젊음이여.

그대는 노년이 그대 못지않은 우아함과 힘, 열정으로 그대 뒤에 오고 있음을 알고 계시는지요?

월트 휘트먼, 『풀잎』, 1892

인격은 살과 피를 멋지고 생기 있게 만들어주며,

주름과 백발을 아름답게 장식해 줍니다.

랠프 월도 에머슨, 「인격」, 1842

살고 난 다음에 오는 완전함이라는 주름진 미소는 다들 받아들인 거짓말에 움츠리지도 언짢아하지도 않고 살아왔다. 거짓을 받아들이지 않고 산다면 노년엔 잘 익은 사과 향기를 풍기게 될 것이다. 진실로, 노인은 누군가 사랑에 지쳤을 때 사과나무처럼 달래주어야 하며, 금빛을 띠어가는 잎사귀처럼 향긋하고 가을의 부드러운 정적과 충만감으로 물들어야 하느니.

데이비드 허버트 로렌스, 『아름다운 노년』, 1929

우아함과 주름의 조화는 실로 경이롭다. 정말 행복한 노년은 말로 표현할 수 없는 황홀한 새벽빛에 둘러싸여 있는 것과 같다…. 젊은 이는 매력적이지만 노인은 눈부시다.

빅토르 위고, 『레미제라블』, 1862

중국 사람들은 언제나 지상의 궁극적인 행복의 상징으로 볼이 붉은 백발의 노인을 그렸다. 그들은 높은 이마와 불그레한 얼굴, 흰 수염을 지닌 장수의 신을 그렸고, 그가 어떻게 미소 짓는지도 그렸다!

린위탕, 『생활의 발견』, 1937

건강한 노인은 바보가 아니라 살아 있는 가장 행복한 창조물이다. 삶에서 자신의 재능을 가장 만족스럽게 즐길 수 있으며, 속담에서 말하듯 해치워야 하는 일이 아무것도 없는 때가 바로 노년이다. 노년의 우리는 조금의 거짓도 없는 진실을 말할 수 있으며, 세상이 우리에게 그러한 특권을 부여하였다. 이것은 자명한 사실이다.

리처드 스틸 경, 『태틀러』, 1709

이제 나이 또한 삶의 한 부분으로 받아들여야 할 때이다…. 우리는 늙어가는 것을 두려워하고 깨어 있는 시간의 반 이상을 나이를 감추느라 허비한다…. 충만하게 살아왔음을 말해 주는, 꾸밈없는 노인의 주름진 얼굴보다 더 아름다운 것은 없다.

헬렌 헤이스, 『기쁨의 선물』, 1965

극소수의 사람만이 삶의 예술가가 된다. 삶의 예술이 가장 뛰어나고 진기한 예술이라는 사실을 잊어서는 안 된다.

칼 융, 『영혼을 구하는 현대인』, 1933

젊음이 자연의 선물이라면, 나이듦은 예술 작품이다.

작자 미상

우리 삶의 목표는 영혼이라는 건축물을 짓는 일이다.

시몬 베유, 『초자연적인 인식』

책을 쓰는 것이 아니라 인격을 갖추는 것, 또 전투에서 이기는 것이 아니라 반듯하고, 침착하게 행동하는 것이 우리가 할 일이다. 훌륭하고 영예로운 최고의 작품은 올바른 태도로 살아가는 것이다.

미셸 드 몽테뉴, 『수상록』, 1580

노력의 결과로 얻는 평범한 것들, 예컨대 재산이나 대외적 성공, 사치를 나는 늘 혐오스럽게 여겨왔다. 나는 단 한 번도 안락함이나 행복 그 자체를 삶의 목표로 생각한 적이 없다. 그런 처방은 돼지에게나 어울리는 것이다. 가야 할 길을 비춰주었고 즐거이 삶에 마주 설 수 있도록 몇 번이나 내게 새로운 용기를 주었던 이상은 바로 진실과 선, 아름다움이었다.

알베르트 아인슈타인, 『내가 본 세상』, 1949

나는 이웃 사람들에 대한 자비와 사랑을 점점 더 소중하게 여기고 있다…. 온갖 훌륭한 기술의 발전으로 이루어진 우리의 문명은 정신 이상인 범죄자의 손에 들려 있는 도끼와도 같다.

알베르트 아인슈타인. 『사람다운 면』, 1979

우리는 기품 있는 삶을 살아야 한다. 우리는 기품 있는 인간이기 때문이다. 훌륭한 행동이 그 자체로 정당하다는 말을 인정하면 우리는 올바른 삶을 위한 모든 신학적 미끼들을 불필요하게 여기게 되고, 도덕적 진실에 광채를 입힐 필요도 없어진다. 사랑이라는 것은 가장 마지막 순간에도 절대적인 사실이어야 한다. 우리는 서로를 바라볼 수 있어야 하며, 하늘에 있는 제삼자를 떠올리지 않고 서로 사랑할 수 있어야 한다.

린위탕, 『생활의 발견』, 1937

사천 년 동안 사천 가지 방법으로 이야기되어 온 문제들 가운데 가장 분명한 것은 양심을 저버리는 일은 하지 말아야 한다는 것입니다. 이 비밀만 알고 있다면 우리는 삶을 향유할 수 있으며 죽음을 두려워하지 않아도 됩니다.

볼테르, 〈프리드리히 대왕에게 보내는 편지에서〉, 1767

그 문제의 근본이란 매우 단순하고 구시대적이다. 그것은 너무나 단순해서 비웃음을 살까 봐 말하기 부끄러울 정도이다. 내가 말하려는 것은 —이 말을 하는 나를 제발 용서하길— 바로 사랑 혹은 연민이다. 당신이 만일 이것을 알고 있다면, 당신은 존재의 이유, 용기의 근거, 행동의 지침 그리고 지적 정직함을 위한 필수 요소를 모두 갖추었다고 할 수 있다. 게다가 종교를 통해 얻어야 하는 모든 것을 갖춘 것이다.

버트런드 러셀, 『사회에 미치는 과학의 영향』, 1902

지극하고 열렬한 사랑이 아니면
이 세상에서도, 다음 세상에서도 행복을 얻을 수 없다.

케넬름 딕비 경, 1661

사랑하는 한 우리는 쓸모 있는 존재이다.
사랑받는 한 우리는 없어서는 안 될 존재이다.

로버트 루이스 스티븐슨

죽음을 찾지 마십시오.

죽음이 당신을 찾아올 것입니다.

대신 죽음을 완성하는 방법을 찾으십시오.

다그 함마르셸드, 『흔적』, 1964

삶의 비극은 죽는다는 사실 자체에 있는 것이 아니라 살아 있는 동안 우리 내면에서 무언가 죽어간다는 사실에 있다. 가령 진정한 감정의 죽음과 고양된 영감의 죽음, 고통을 느끼게 하고 타인의 영광을 진심으로 기뻐할 수 있게 하는 깨달음의 죽음… 죽음을 두려워할 필요는 없다. 진정 두려워해야 하는 것은 자신의 커다란 힘, 즉 자신의 삶을 남에게 희생할 수 있는 자유 의지의 힘을 미처 깨닫기도 전에 죽을지도 모른다는 사실이다.

알베르트 슈바이처, 1958

만약 당신이 오늘 밤 죽거나 멀리 떠나 다시는 돌아올 수 없다는 사실을 알게 된다면, 당신은 마지막 순간에도 예전과 같은 마음으로 주위의 사람들과 사물들을 둘러볼 수 있겠습니까? 이제껏 사랑하지 않았던 것처럼 여전히 사랑하지 않을 수 있겠습니까?

모리스 메테를링크, 『사소한 것의 소중함』, 1918

기억도 잠들고 행동도 잠들지만, 사랑만은 깨어 있습니다.
사랑은 생각하거나 가르치거나 기억하려 애쓰지 않습니다.
다만 사랑할 뿐입니다. 사랑은 삶의 표면에서 중심으로 나아갑니다.

조지 콩그리브, 〈아흔이 된 이에게〉, 1918

우리가 지금 여기에 있는 것은 자신의 경험을 통해 삶을 배우지도 못한 채 이 세상과 이별하기 위해서가 아니다. 살고 사랑하며, 성장하고 나아가기 위해 지금 여기에 있는 것이다.

맥스 프리덤 롱, 『살아 있는 신비한 과학』, 1949

삶에서 최고의 것을 얻는 길은 온갖 지식과 애정, 그리고 우리의 모든 의지를 언제든 잘 활용하는 것이다.

어니스트 우드, 『영예로운 존재』, 1951

삶에서 행복을 기대하면 안 된다. 다만 행복이 샘솟을 때 그것을 기쁘게 받아들이는 것으로 족하다. 그저 제 할일을 다해야 할 뿐, 어떻게 혹은 왜 그래야 하는지 알 수도 없을뿐더러 알 필요도 없다. 어떤 일이 선한 것인지 말할 수 없고 선이 무엇인지 알지 못해도 선해지도록 힘써야 하며, 다른 사람들에게 행복을 안겨주도록 노력해야 한다.

로버트 루이스 스티븐슨, 「크리스마스의 설교」, 1888

당신이 할 수 있는 좋은 일이면

무엇이든 행하길

어떤 수단으로든, 어떤 방법으로든

어디서든, 언제든

누구에게든

할 수 있는 한 오래도록.

존 웨슬리, 《저널》, 1790

당신이 막 태어났을 때 당신은 울었고 온 세상은 기뻐했습니다.
당신이 죽을 때 세상은 울고 당신은 기뻐할 수 있는 그런 삶을 사십
시오.

작자 미상

청년기는 학문에, 장년기는 가장의 의무와 책임에, 노년기는 학문
과 관념적 사색 그리고 절대자에 대한 명상에 바쳐야 한다는 브라만
의 가르침에 나는 언제나 매료되었다.

서머싯 몸, 『비좁은 모퉁이』, 1952

젊은이들은 가르침을 받아야 한다. 어른들은 선한 일을 해야 한다. 그리고 노인들은 시민으로서의 그리고 군역의 의무에서 벗어나, 정해진 일에 얽매이지 않고 자신의 의지대로 살아야 한다.

소크라테스

삶의 첫 번째 단계는 배움을 위해, 두 번째 단계는 봉사를 위해 존재한다. 그리고 마지막 단계는 자기 자신을 위해 존재한다. 이제는 내적 풍요로움과 자기 발전 그리고 영혼의 성숙을 찾아야 할 때이며, 변화와 죽음에 대비해야 할 때이다. 죽음에 더 가까이 다가설수록 실재와 진실에 더 가까이 다가설 수 있다.

게이 게이어 루스, 『제2의 삶』, 1979

오늘 할 일은 오늘 하루만 해도 충분합니다. 의심과 두려움으로 삶을 허비하지는 마십시오. 바로 당신 앞에 놓여 있는 일에 최선을 다하십시오. 지금 하고 있는 일에 온 정성을 다하는 것이 다음에 올 시간에 잘 대비하는 방법임을 확신하십시오. 죽음은 어떻게 살아야 할지를 아는 사람에게는 결코 위협이 되지 않습니다.

랠프 월도 에머슨, 『수필집』, 1883

사람은 죽음의 고통을 겪으면서 쓸모 있는 것을 배울 수 있다. 그리고 배움의 길에 더 오래 머물수록 살아가는 방법과 죽음을 맞는 방법에 대해 더 많은 것을 배울 수 있다. 이는 결국 죽음의 의미를 깨닫기 위해서는 평생 기다려야 한다는 뜻이다.

밀턴 메이어, 『죽음에 관하여』, 1965

죽음에 대해 알지 못하는 사람은 진부한 행동만 하는 평범한 사람에 지나지 않는다. 또한 이 세상에서 자신의 일상을 마술적인 힘으로 바꾸는 데 꼭 필요한 잠재력과 집중력을 갖지 못한다.

카를로스 카스타네다, 『갈라진 실재』, 1971

젊은이가 부러워해야 할 사람은 나이 든 사람이다. 나이 든 사람은 나이가 든 만큼 잃을 것이 적기에 우리의 삶을 의미 있게 만드는 가치와 이상, 원칙에 더 많이 마음을 쏟을 수 있다.

에이브러햄 캐플런, 『사랑… 그리고 죽음』, 1973

아마도 중년은 켜켜이 쌓인 껍데기를 벗는, 혹은 벗어야 하는 시기이다. 야망이라는 껍데기, 소유욕이라는 껍데기, 자아라는 껍데기… 자만과 그릇된 욕망, 가면과 갑옷 말이다. 사람들은 경쟁 세계에서 자신을 보호하기 위해 그런 갑옷을 입은 것이 아니었던가? 만약 경쟁을 그만둔대도 그런 것들이 필요할까? 더 빨리 벗어내기는 힘들겠지만 그래도 중년에는 완전히 자기 자신이 될 수 있지 않은가. 이 얼마나 찬란한 해방인가!

앤 모로 린드버그, 『바다로부터 온 선물』, 1955

살다가 몸과 마음이 노쇠해지면 칭찬을 기대하지 말고, 선물과 사랑은 말할 것도 없이 기대하지 말 것이며(그건 우스꽝스러운 일이에요), 찬란하게 빛나는 이 아이들에게 앞자리를 물려줄 수 있도록 해주십시오. 그리고 친구들이 우리에게 다가오지 않아도 놀라지 마시고 (그들이 다가오면 더 놀라요) 다만 겸손하고 고적한 달관과 휴식 속으로 물러날 수 있도록 해주십시오.

랠프 월도 에머슨, 《저널》, 1849

내 삶의 마지막 순간을 고요할 때 맞이할 수 있다면 참으로 만족스러우리라.

윌리엄 셰익스피어, 『헨리 4세』

삶의 저녁은 등불과 함께 온다.

조제프 주베르, 『수필집』, 1842

우리로 하여금 할 수 있는 일을 하는 데 만족하도록 해주소서.
그리고 그 일이 보잘것없다는 이유로 행여 괴로워하지 않도록 해주소서.

엘리자베스 배럿 브라우닝 1882

오래 살아보지 못한 이들이 이해할 수 없는 말들에는,
지혜로 가득 차서 차마 말로 표현할 수 없는 노년의 침묵이 있다.

에드거 리 매스터스, 『침묵』, 1900

아름다운 노년을 맞이하고 싶다면 아름다운 청춘을 누려야 합니다. 왜냐면 우리가 바로 우리 자신의 후손이자 선조이기 때문입니다. 오늘의 내가 나인 것은 어제의 내가 바로 나였기 때문입니다…. 우리는 종종 노년의 아름다움에 관해 듣고 있습니다만, 아름다운 노년은 아름답게 살면서 오래도록 준비할 때만 가능합니다. 우리는 모두 노년을 위해 지금 준비하고 있는 것입니다…. 선한 본성을 대신할 만한 것이 이 세상 어딘가에는 있겠지만, 그것을 어디서 찾을 수 있는지 나는 모릅니다. 온화함을 유지할 것, 쓸모 있는 사람이 될 것 그리고 부지런할 것, 이것이 바로 구원의 비밀입니다.

엘버트 허버드, 『스크랩북』, 1930

훌륭한 일을 해내기 위해서는 결코 죽지 않을 것처럼 살아야 합니다.

뤽 클라피에, 『금언집』, 1747

불멸을 바란다면, 그것을 만드십시오.

호아킨 밀러, 『창조의 노래』, 1913

진정한 자신의 모습을 찾으십시오.

올더스 헉슬리, 『섬』, 1962

있는 그대로의 존재가 되는 것과 성장할 가능성이 있는 존재가 되는 것만이 삶의 목표이다.

로버트 루이스 스티븐슨, 『사람과 책』, 1882

나중에 훌륭한 영혼이 될 사람은 지금도 훌륭한 영혼의 소유자일 것입니다.

랠프 월도 에머슨, 『살아가는 법』, 1860

창조든 구성이든 보존이든 사는 동안 인간의 이상 실현에 기여한 것이면 무엇이든 그 자신 속에 영원히 살아 있을 것입니다.

구스타프 페히너, 『죽고 난 뒤의 삶』, 1836

가치 있는 목표와 희망이 있을 때 가장 감미로운 송가가 울려 퍼진다…. 좋은 일에 마음을 쏟을 때 죽음의 슬픔에서 벗어날 수 있다. 가치 있는 희망과 목표가 있을 때 죽음은 영예로 가는 길을 열어 권태로움을 없애줄 것이다.

프랜시스 베이컨 경, 『수필과 도움말』, 1625

그 무엇도 머물 수 없습니다. 순간순간 영원을 찾으십시오.

헨리 데이비드 소로, 『월든』, 1854

나이를 먹는 것은 물론 두려운 일입니다만, 우리가 거기에 대해 많이 알게 될수록 두려움은 줄어듭니다. 노년에 일찍부터 대비하려는 것은 이 때문입니다. 그러면 우리는 나이가 들면서 얻게 되는 선물을 즐길 수 있게 될 것입니다. 우리가 소멸을 냉정하게 받아들이는 것은 우리의 정신을 육신으로부터 자유롭게 하기 위해 이 아름답도록 무시무시한 세월 속에서 일어나는 모든 일을 마음껏 활용하는 것과 같습니다. 이렇듯 삶을 즐겁게 누릴 때 육신의 고단함은 극복할 수 있습니다.

MFK 피셔, 『자매의 나이』, 1983

만약 자신의 본성을 완성하고 미래에 한층 고귀한 경력을 쌓을 수
있도록 성장하고 싶다면, 시간이 있을 때 최선의 노력을 기울여야
한다.

로버트 루이스 스티븐슨, 『심술궂은 노년과 젊음』, 1888

죽음이 자신을 데려가는 순간이 되어서야 죽음과 맞서 싸우는 것
은 바람직하지 못하다.

자크 보쉬에, 『추도사』, 1690

나는 사람들에게 도움이 되었으면 좋겠다. 내 뒤에 확실한 흔적을
남겼으면 좋겠다. 나를 무덤으로 이끌어주는 우정 어린 손이 있었으
면 좋겠다. 이런 조건에서라면 비록 썩 내키지는 않더라도 기꺼이 떠
날 것이다.

윌리엄 해즐릿, 『좌담』, 1821

죽음이 당신 위를 맴돌고 있습니다. 살아 있는 동안 좋은 일을 하십시오.

마르쿠스 아우렐리우스, 『명상록』, A.D. 180

가치 있는 죽음을 위해 해야 할 일은 삶을 잘 영위하는 것밖에 없습니다.

찰스 웹스터 리드비터, 『죽음의 이면』, 1920

죽음을 두려워하지 마십시오. 차라리 충만하지 않은 삶을 두려워하십시오.

베르톨트 브레히트

죽음이 보여주는 가장 큰 위엄은 바로 그 죽음보다 앞선 삶이 지닌 위엄입니다. 희망은 우리가 살아 온 삶의 의미 속에 있습니다.

셔윈 눌랜드, 『어떻게 죽을 것인가』, 1994

불멸은 그럴 만한 가치가 있는 사람에게 주어집니다. 나중에 훌륭한 영혼이 될 사람은 지금도 훌륭한 영혼의 소유자일 것입니다.

랠프 월도 에머슨, 「숭배」, 1841

지금까지 세월은 아주 빠르게 흐른 것 같습니다. 죽음을 빠른 속도로 다가오는 여행의 마지막 과정이라고 생각합니다. 아직 환한 대낮일 때 일하고 사랑해야 하는 이유가 바로 여기에 있습니다.

조지 엘리엇, 〈한 편지에서〉, 1861

내 간절한 귓가에 울리는 아침 북소리는 아직도 잊히지 않은 채 떨리고 있네. 아침 이슬이 내 한낮의 들판에서는 채 마르지 않았네. 하지만 이제 나는 하던 일을 잠시 멈춘 채, 종소리를 헤아리며 (일을 마치기도 전에) 해질녘 총성*을 듣게 되지나 않을까 떨고 있네.

로버트 루이스 스티븐슨, 『시 모음집』

---

* 하루가 끝났다는 의미로 쏘는 총소리.

사람은 누구나 세상을 떠나는 순간 순수한 정신 건강을 갖게 되기를 바란다. 진심으로 그러길 바랄 때, 우리는 자신의 정신 상태를 끊임없이 반성할 수 있게 된다.

아널드 토인비, 「당신이 죽을 때 무슨 일이 일어날까」, 1968

당신은 무한한 삶의 가능성에 대하여 더 많은 선택권을 갖게 될 것입니다…. 당신은 종종 스스로에게 묻곤 합니다. 내가 소홀히 한 것은 무엇일까? 더 갈고 닦아야 할 것은 무엇이며, 좀 더 의미 있는 것은 무엇일까? 허비한 시간은 얼마만큼이며 좀 더 나은 방향으로 사용된 시간은 언제였을까? 텔레비전 시청을 줄이고 독서를 많이 하십시오. 신문 읽기를 줄이고 책을 많이 읽으십시오…. 죽음의 관점에서 삶을 바라볼 때 우리는 더욱 자유로워질 것입니다. 마지막 순간에 무언가를 보는 것은 처음에 보는 것만큼 좋은 일입니다.

피터 놀, 『죽음에 마주서서』, 1987

늙어가는 사람에게는 의미 있는 경험을 쌓을 수 있는 창조적인 일들을 계속해 나갈 수 있는 기회가 주어져야 한다. 소위 취미로 시간을 때우거나 대낮에 다른 노인들과 노닥거리면서 마냥 죽음을 기다리는 것으로는 충분하지 않다. 그들에게는 숨쉬는 동안 그들의 삶을 의미 있게 만들었던 사람과 목적, 대의와 제도 그리고 사업에 계속해서 봉사할 수 있는 기회가 필요하다.

에이브러햄 캐플런, 『사랑… 그리고 죽음』, 1973

우리로 하여금 우리에게 주어진 긴 세월에 믿음을 갖게 해주소서. 누구도 만져본 적이 없으며 이전에는 없었던 것들과 결코 행해진 적 없었던 일들로 가득 차 있는, 그리고 새로운 임무, 주장, 요구와 꼭 필요하고 진지하며 멋진 것들로 가득 차 있는 세월에 믿음을 갖게 해주소서.

라이너 마리아 릴케

비록 서로 다른 옷을 입고 있지만, 늙음은 젊음만큼이나 값진 기회입니다. 저녁 노을빛이 희미하게 사라질 무렵, 하늘은 낮엔 보이지 않던 별들로 가득 차 있습니다.

헨리 워즈워스 롱펠로, 1841

노년이 이전 삶의 우스꽝스러운 패러디가 되지 않기 위한 한 가지 해결책이 있습니다. 그것은 자기 자신을 의미 있는 존재로 만드는 일을 목표로 하는 것입니다. 예컨대 개인이나 공동체, 조직에 헌신하거나 혹은 사회적이거나, 정치적인 그리고 지적이거나, 창조적인 일에 헌신하는 것입니다.

시몬 드 보부아르, 『노년』, 1972

나는 힘닿는 한 계속 일하며 살아가고 싶다. 내가 양배추를 심고 있을 때 죽음이 찾아오기를 바란다.

미셸 드 몽테뉴, 『수상록』, 1580

일은 사람을 늙지 않게 만든다. 나의 일은 나의 삶이다. 나는 일 없는 삶은 생각할 수 없다. 일하는 사람은 권태를 느끼지 않으며, 늙지도 않는다. 후회가 희망과 계획을 밀어내기 전에는 결코 늙지 않는다. 보람찬 일에 흥미가 있을 때 늙음은 가장 잘 치유될 수 있다.

스콧 니어링, 〈대화 중에서〉, 1980

파도는 오르내리면서 앞으로 나아간다…. 거대한 리듬의 파도는 고요한 빈 곳으로 서서히 빨려 들며 골을 만든다. 그러지 않으면 그 무엇도 흐를 수 없다. 파도가 가라앉는 때, 쉬면서 힘을 모으는 때 그리고 파도를 들어 올리는 커다란 힘이 소리 없이 힘차게 밀고 오는 때를 생각하라. 그렇게 생각할 수 있다면, 썰물과 밀물이라는 자연의 법칙 앞에서 불안해하거나 용기를 잃지 않을 것이다. 날개를 접고 평정을 찾으면, 가슴 아래에 몰려 있는 힘의 움직임을 느낄 수 있을 것이다.

스튜어트 에드워드 화이트, 『날개를 접고』, 1947

당당하고 웅장한 이 우주만큼 평온하고 관대한 노년이여.

죽음이라는 달콤한 자유와 함께 자유로이 흘러가는 노년이여.

눈부시게 솟아오르는 노년이여!

기꺼이 맞을지니, 죽어가는 날들의 이루 말할 수 없는 우아함을!

월트 휘트먼, 『풀잎』, 1892

낡은 배는 이제 자주 항해할 수 없다. 그러나 여전히 깃발은 돛대에 걸려 있고 나는 키를 잡고 있다.

월트 휘트먼, 『풀잎』, 1892

좋다! 의사도, 황금도, 마법도 없이 치료해 보자. 즉시 밖으로 나가 들판을 손질하라. 깊게 땅을 파고 밭을 갈아라. 그대 자신과 그대의 감각을 가장 단순한 움직임 속에 놓아두어라. 가장 소박한 양식으로 지탱해 나가라. 그야말로 동물처럼 살아라. 농작물을 거두어들이고 직접 거름 주는 일을 도둑질이라 생각하지 말아라. 이것이야말로 여든이 되어도 정정하게 살 수 있는 가장 좋은 비결임을 믿어라.

괴테, 『파우스트』, 1808

새가 질풍 속에서 균형을 잡듯이

나는 시간의 폭풍 속에서 균형을 잡고 있다.

키잡이인 나는 돛을 말아 올리면서

내가 한창때 따랐던 그 목소리를 이제 삶이 저물 무렵에 따른다.

겸손하고 성실한 마음은 두려움을 떨쳐내고

무사히 앞으로 나아간다.

둘러볼 만한 항구는 가까이 있고

모든 파도는 마법에 홀린 듯 잠잠하구나.

랠프 월도 에머슨, 「테르미누스」, 1870

나이 들면서 얻는 보상이 있다면 강한 열정이 예전 그대로 남아 있다는 점이다. 그러나 더 큰 보상이 있다면, 마침내 우리에게 가장 좋은 향기를 불어넣는 힘, 다시 말해서 경험을 빛 속에서 천천히 돌아볼 힘을 얻었다는 점이다.

버지니아 울프, 『댈러웨이 부인』, 1926

우리는 이 아름다운 세상에서 수십 년 동안 나그네로 머물다 간다는 사실에 대해 아쉬워할 필요가 전혀 없다.

린위탕,『생활의 발견』, 1937

우리는 오랜 세월 온 정성을 다해 각자의 재능과 자질을 키우고 세상일을 능숙하게 판단하며 자신의 욕망을 펼치고 삶에서 느끼는 실망을 참아내려 애쓴다. 그런데도 품위 있고 성숙한 사람, 말하자면 마침내는 위업과 존엄성으로 동물적 상태를 뛰어넘는 독창적인 창조물이 되고자 한다⋯. 바로 그때가 죽기 알맞은 때이다⋯. 설령 시간이 오래 걸리더라도 성실한 개미의 길을 가야 한다⋯. 삶을 이끌어가는 힘이 앞으로 어떤 형태를 띠게 될 것인지, 아니면 삶을 이끌어가기 위해서 우리가 얼마나 힘겨운 탐색을 해나가야 할 것인지 누가 알겠는가? 우리가 할 수 있는 최고의 일은, 우리 자신 혹은 우리의 목표를 혼돈스런 세상에 맞춰나가며, 거기에 생명력을 불어넣는 것이다.

어니스트 베커,『죽음의 거부』, 1973

삶의 정수는 행복도 파멸도 아니다. 그것은 바로 이해이다. 그것은 삶에서 겪게 되는 혼란스러움, 불편함, 어려움을 보상해주는 계시의 순간들이며… 온갖 삶의 무질서가 특정한 형태를 취하는 순간들이다. 이해할 수 있게 되면 참을 수 없던 짐도 이내 참을 수 있게 된다. 우리는 진실을 볼 수 있는 거대한 산의 경사면에 잠시 서 있으며, 이제 우리는 가장 큰 행복을 누릴 수 있다.

위니프리드 홀트비, 『버지니아 울프』, 1978

우리의 삶에서 피할 수 없는 날, 영혼을 앗아가려는 어찌할 수 없는 죽음의 시간이 다가왔을 때, 광장이나 사람들로 붐비는 교차로에서 주목받거나 왕이나 훌륭한 성직자가 되는 것보다 그리고 부와 풍요로움과 쾌락으로 넘치는 것보다, 품위 있고 성스럽게 그리고 순수하게 사는 것이 우리를 이롭게 한다.

페트라르카, 1360

나이가 들어도 여전히 힘써야 할 일이 있다네.

죽음은 모든 것을 끝내지만, 그 전에 해야만 하는 고귀한 일이 남아

있다네⋯.

좀 더 새로운 세상을 찾기에 아주 늦어버린 건 아니지.

밀고 나가라, 그리고 줄지어 앉아 깊은 고랑을 세차게 갈아보자.

내가 바라는 건 죽을 때까지 해지는 곳을 넘어,

서녘 별들이 잠기는 곳을 넘어 계속 항해하는 것⋯.

비록 많은 것들이 붙잡혀 무릎을 꿇을지라도,

예전에 땅과 하늘을 움직였던 힘인,

본래의 우리 모습은 이제 남아 있지 않을지라도.

담대한 사람은, 시간과 운명 앞에서 스러질지언정,

생존하고 추구하며 발견하고 또한 굴복하지 않으려는 의지로

더욱 강해지는 공통된 기질을 갖고 있구나.

앨프레드 로드 테니슨, 「율리시스」, 1842

세월은 끝을 향해 치달아간다. 하지만 이것이 내게 무슨 의미가 있겠는가? 내가 스물여덟이건 쉰여덟이건 아무런 의미가 없다. 봄꽃이 지고 여름 열매가 여물었다고 해서, 또한 가을걷이를 하고 눈이 내렸다고 해서, 내가 서러워할 필요가 있을까?

랠프 월도 에머슨, 《저널》, 1831

당신은 충분히 오래 사셨고, 세상에 흔적을 남기셨습니다. 그러니 이제 떠나신다 해도 순리를 거스르는 일은 아닙니다.

윌리엄 제임스, 〈임종 무렵의 아버지에게 보내는 편지에서〉

삶의 덧없음을 확실히 경험하는 것은 남은 나날을 최대한 성실하게 보낼 수 있게 하는 자극제가 된다.

아돌프 루카스 피셔, 『나이듦에 대하여』, 1966

인간사는 덧없는 것임을 늘 염두에 두십시오. 당신이 어제 태어났 대도 내일 당신의 몸은 미라가 되거나 타고 남은 재가 될지도 모릅니 다. 그러니 순리를 따르면서 지금 이 순간을 보내십시오. 그런 다음 다 익은 올리브가 자신을 키워준 땅을 축복하고 자신을 낳아준 나 무에게 감사하면서 땅에 떨어지듯이, 평온한 마음으로 삶을 끝내십 시오.

마르쿠스 아우렐리우스, 『명상록』, A.D. 180

삶이 스스로 잘 익어 땅에 떨어지도록 하시오.

노자

누구도 나이가 드는 것을 멈출 수 없다⋯. 자연과 맞서 싸우는 것 은 부질없는 짓이기에, 깨어진 북이나 부서진 꽹과리의 요란한 소리 보다는 평화와 평정 그리고 정신적 만족이 깃든 위대한 피날레로 삶 을 마치는 것도 나쁘지 않다.

린위탕, 『생활의 발견』, 1937

나는 노년과 죽음을 결국엔 이겨낼 수 있다는 것을 깨달았다. 불꽃이 가물거리면서 기름을 태워버리자 등불은 순식간에 꺼져버렸다. 죽음은 짧아진 심지 위의 한순간, 하나의 숨결에 지나지 않았다.

조셉 허거스하이머, 『낡은 집』, 1925

몸이 죽는 것은 죽음 때문이 아니라 차고 넘치는 삶 때문이다. 전류의 압력으로 램프가 망가지면 램프를 새것으로 바꾸어주어야 한다. 삶은 결코 닳거나 낡지 않는다. 다만 겉보기에 늙어갈 뿐이다.

크리스마스 험프리즈, 『업과 재생』, 1983

톨스토이는 병으로 수척해졌다. 그러나 내적으로는 더욱 환해지고 투명해졌으며, 한발 물러나 세상을 바라볼 수 있게 되었다. 그의 눈은 여전히 날카로워서 무엇이든 꿰뚫어 볼 수 있었다. 잊었던 것을 다시 생각해 내듯, 여태껏 알지 못했던 새로운 것을 기다리듯 그는 조심스레 귀를 기울였다.

막심 고리키, 『레오 톨스토이를 회상하며』, 1920

영원히 살 것처럼 밭을 갈아라. 그리고 내일 죽을 것처럼 살아라.

조지 헨더슨, 『경작용 사다리』, 1944

만약 죽게 된다면? 살아 있는 한 시간 동안

그는 죽음이 무엇인지를 깨달았다.

높고 웅장한 언덕과 환하게 빛나는 바다를

그리고 황금빛 풀밭을 바라보았고

찬란히 빛나는 별들을 바라보았다.

그는 사랑을 느꼈다. 가련한 먼지에 불과한

그의 마음은 자유의 고동으로 떨리면서

희망의 양극과 그 사이에 있는 모든 것을 어루만졌다.

죽음의 침상이 가져다주는 미미한 고통이

정든 대지를 떠나는 그 고통이

탄생의 은혜로움을 잊게 할 수 있을까?

자신이 보이지 않는 힘들이 부르는

노래가 되었다는 데서 느끼는

커다란 고마움을 없애버릴 수 있을까?

아서 데이비슨 피크, 『시집』, 1926

나이가 들면 나는 아름다움의 흔적을 찾아 힘차게 걸어갈 것이다.
아름다움 속에서 삶을 끝마칠 것이다.

나바호족의 밤길의 찬가

아름다움이여, 저와 함께 하소서. 불꽃이 꺼져가고 있으므로….
아름다움이여, 연민을 품으소서. 강한 자는 힘을 갖고 있으므로
또한 부자는 부를, 미인은 우아함을, 여름은 햇빛과 꽃을,
그리고 봄은 사월의 얼굴을 갖고 있으므로….
아름다움이여, 지혜와 열정을, 양식과 영혼을, 여름철 바싹 메마른
곳에 비를 내려 주소서. 이것들만 내려 주시면, 어둠이 몰려올지라도
밤조차 장미처럼 활짝 피어날 것입니다.

존 메이스필드, 『나이듦에 대하여』, 1960

아침에 도를 구하면 저녁에 죽어도 좋다.

공자

노인들은 항구 근처 즉 인생의 성스러운 저녁 무렵에 있는 사람들
이다.

로버트 루이스 스티븐슨, 「나는 누웠네」

나는 눈이 침침해지면서 삶이 내 눈동자 위에 장막을 드리우며 소
리 없이 떠나갈 때가 오리라는 사실을 알고 있습니다. 하지만 여전히
별들은 지지 않을 것이고, 아침은 밝아올 것이며, 시간은 기쁨과 고
통을 쌓아 올리는 바다의 물결처럼 굽이칠 것입니다. 내 삶의 마지
막 순간을 떠올릴 때면, 순간의 장벽은 무너지고 나는 죽음의 빛을
통해 아름다운 보물로 가득 찬 당신의 세계를 바라봅니다. 가장 허
름한 자리도 없고, 가장 비천한 삶도 없습니다.

라빈드라나드 타고르, 『기탄잘리』, 1912

해는 축복의 기도를 마치며 저물고,

어두워가는 하늘은

위대한 선물인 잠을 안겨주는,

별 무리 가득한 밤을 느끼며 떨고 있습니다.

내가 사라질 때도 이와 같기를!

이제 일을 끝마쳤고 긴 하루도 저물었으며

노임은 다 받았고 마음속 깊이

느지막이 종달새가 울고 있으니,

고요한 서쪽, 찬란하고 평온한 일몰과도 같은

죽음에게 나를 보내주소서.

윌리엄 어니스트 헨리, 〈마가리타 소로리를 회상하며〉, 1888

나는 네 속에서 본다. 거대한 바다로 흘러 들어갈 때 웅대하게 펼쳐지는 강어귀를.

월트 휘트먼, 「노년에게」, 1892

인간이라는 존재는 처음에는 비좁은 곳에 갇혀 있다가 조약돌과 폭포를 열렬히 찾아다니는 강과 같다. 그 강은 점차 넓어지면서 둑은 바깥으로 밀려 나간다. 그리고 강물은 더욱 고요히 흘러가다가 마침내는 고통 없이 바다와 하나가 된다.

버트런드 러셀, 1956

재능을 충분히 발휘하고 내 안에 있는 씨앗을 키워 내기 전에는, 그리고 마지막 작은 가지가 자라나기 전에는, 나는 죽고 싶지 않다⋯. 삶이 주어진 사람이면 누구나 마지막 목표까지 달성해야 할 의무가 있다. 그런 다음에야 죽을 수 있는 것이다. 대부분의 사람들이 죽는 곳은 바로 거기가 아닐까.

케터 콜비츠, 『일기』, 1915

우리는 모두 나름의 이유와 목적을 갖고 태어나며, 생각했던 일을 다 이루었을 때 죽게 된다. 탄생과 죽음 사이에 있는 삶은 순간순간의 기회를 얼마나 잘 이용하느냐에 달려 있다. 선택은 당신의 몫이다.

엘리자베스 퀴블러 로스, 『작별 인사를 할 때까지 살기 위하여』, 1978

나는 누구와도 다투지 않았다, 누구도 그럴 가치가 없었기에.

나는 자연을, 그다음엔 예술을 사랑했다.

나는 생명의 불길 앞에서 두 손을 따뜻하게 했다.

그 불길이 사그라지면 나는 떠날 것이다.

월터 새비지 랜더, 1860

나는 죽음을 향해 달려가고, 죽음은 이토록 빨리 나를 맞이한다.

하여 내 모든 즐거움은 어제와 같다.

이것이 내 연극의 마지막 장면이니,

여기서 하늘은 내 순례가 끝나는 곳을 가리킨다.

이제 나는 느긋하지만 빠른 속도로 달려가니,

이 마지막 걸음을, 마지막 한 뼘을,

마지막 순간만을 남겨두고 있구나.

존 던, 『성스러운 소네트』, 1615

살아 있는 동안 당신이 사명을 다했는지를 보여주는 시험이 있습니다. 하지만 당신이 살아 있다면 시험은 없습니다.

리처드 바크, 『방황하는 메시아』, 1977

죽음은 삶처럼 자연스러운 것이기에, 달콤하고 우아해야 한다.

랠프 월도 에머슨, 《저널》, 1844

2부
어떻게 죽을 것인가

죽어가는 모습을 보면 이제껏 어떻게 살아왔는지 알 수 있다.

밀턴 라마스크, 『전기 작가의 글』, 1986

삶의 적절한 마무리로써 죽음을 맞이하는 것은 쉬운 일이 아니다.

일라야 에렌베르크

우아하게 죽는 기술은, 많은 사람이 알고 싶어하지만 어디에도 언급되어 있지 않다.

밀턴 메이어, 『죽음에 관하여』, 1965

존재의 현시는 굉장한 경험이다. 나는 힘닿는 한 열정적이고 충만하게 살아왔기에 기쁨과 희망을 느끼며 죽을 것이다. 죽음은 전환점이자 일깨움이다. 어떤 경우에서든 죽음도 삶과 마찬가지로 기꺼이 받아들여야 한다.

스콧 니어링, 1983

우리가 겪어야 할 일 중에서 죽음은 가장 보편적이며 절대적이다.

앨버트 캐플런, 『사랑… 그리고 죽음』, 1973

우리가 살아가는 모습은 바로 죽어가는 모습이기도 하다. 삶과 죽음은 모두 하나의 과정에 속해 있다.

스탠리 캘러먼, 『생생한 당신의 죽음』, 1974

훌륭한 죽음은 삶을 명예롭게 한다.

페트라르카, 1304

우리는 죽음과 더불어 살기에, 살아 있는 동안 죽음에 대해 생각해야만 한다. 거래를 정리하고 수지 타산을 맞추는 것은 매우 중요하고 유익한 일이다. 사제들 가운데 누구라도 그다음 차례가 될 수 있기에 죽음에 대비하는 것이 현명한 일임을 분명히 알고 있어야 한다.

피터 놀, 『죽음에 마주 서서』, 1987

살아가면서 가장 흥미로운 시간은 단 한때, 즉 살아 있음이 생생하게 느껴지고 죽음에 슬기롭게 다가설 수 있게 하는, 가르침과 흥미진진함으로 가득 찬 두어 달뿐이에요. 이는 낙엽이 지고 장미꽃이 피는 자연 현상과 같아 너무나 단순한 사실이지요. 나는 손에 잡힐 듯 가까이 있는 드넓은 공간과 공중에 떠도는 자유의 속삭임을 달콤하게 느끼고 있어요.

앨리스 제임스, 〈오빠 윌리엄에게 보내는 편지에서〉, 1891

죽음은 인간이 겪는 최고의 경험임이 틀림없다.

토머스 벨, 『삶의 한가운데』, 1961

왜 죽음이 잠만큼 유익하지 않은지에 대한 물리학적 또는 형이상
학적 근거는 없다…. 좀 더 지혜로워진 삶이 자신의 몫을 다했음을
깨닫고 말없이 떠나는 날이 올 것이다. 마치 하루의 일을 끝내고 저
녁이 되면 말없이 집으로 돌아가듯이 말이다.

모리스 메테를링크, 『우리의 영원함』, 1913

죽음을 받아들이는 태도는 죽음 그 자체보다 중요하다. 따라서 훌
륭하게 죽는 것은 우리의 특권이 될 수 있다. 우리가 죽음을 막을
수는 없지만, 죽어가는 모습은 선택할 수 있다.

사이러스 설즈버거, 『내 형제의 죽음』, 1961

나는 죽는 순간이 삶의 기준이자 목표임을 언제나 믿어왔습니다.

시몬 베유, 〈한 편지에서〉

죽음에도 사교적 기능이 있다면, 그때는 제발 파티를 어지럽히지
않고 발끝으로 살며시 빠져나갈 수 있게 해 주십시오.

다그 함마르셸드, 『흔적』, 1964

죽음은 마음의 짐을 덜어내는 위안이며, 삶이라는 심란한 꿈을 잊는 축제이다.

윌리엄 해즐릿, 『좌담』, 1821

죽음이 우리의 마지막 관문이라는 것은 참으로 아쉬운 일이다. 왜냐하면 죽음은 삶에 관해 너무도 많은 것을 가르쳐주기 때문이다.

로버트 허홀드, 『죽음을 배우며, 삶을 배우며』, 1976

우리는 삶을 지탱해 나가는 사랑의 힘으로 죽음이 자유롭고도 신중한 것이기를, 갑작스럽거나 놀라운 일이 아니기를 소망해야 한다.

프리드리히 니체, 『차라투스트라는 이렇게 말했다』, 1882

매일매일 지성의 힘으로 죽음에 대해 생각하고, 죽음 곁에 의연히 설 수 있다는 것은 꽤 괜찮은 일이다.

모리스 메테를링크, 『우리의 영원함』, 1913

죽음을 껴안으십시오⋯. 죽음이 우주로부터 받은 선물이라는 깨
달음을 마음속에 품으십시오.

브라이언 스윔, 『우주는 한 마리 초록빛 용』, 1984

내 육신이라니? 나의 벗 죽음이여, 어찌 된 일인가?
이 모든 지독하게 화려한 영장을 왜 받는 것인가?
그대는 오십 년 동안 조금씩 조금씩,
분명하게 그리고 천천히 그것을 고쳐왔구나.

헬렌 헌트 잭슨, 『헤비어스코퍼스』, 1885

바로 다음 순간이 마지막인 것처럼 매 순간을 살아야 한다. 그리고
언제라도 죽음이 닥쳐올 수 있음을 염두에 두고, 두려워하지 말고
침착하게 살아가야 한다.

아널드 토인비, 『죽음에 대한 관심』, 1968

어서 오라, 사랑스럽고도 달콤한 죽음이여,

고요하게 다가오면서,

낮에도, 밤에도, 모두에게, 각자에게,

더 빨리, 아니면 더 늦게 다가오면서,

이 세상 곳곳에 물결쳐라, 우아한 죽음이여.

고마워라, 끝없는 우주여,

삶과 기쁨을 위해, 진기한 사물과 앎을 위해,

그리고 사랑, 달콤한 사랑을 위해

다만 찬미하라! 찬미하라! 찬미하라!

차갑게 껴안는 죽음의 굳게 감긴 두 팔을 위해.

월트 휘트먼, 『풀잎』, 1892

하루하루를 자신의 마지막 순간으로 생각한다면, 예기치 않은 시간
이 은혜롭게 여겨질 것이다.

호라티우스, 『서간집』, B.C. 15

우리는 자신이 얼마나 오랫동안 가치 있게 살 수 있는지를 결정할
권리가 있다.

마르그리트 유르스나르, 『하드리아누스의 회상』, 1954

우리가 죽음이라고 부르는 이 경험이 절대 삶이 아니며, 또한 삶이
절대 죽음이 아니라는 것을 누가 어떻게 알 수 있겠는가? 살아 있는
것은 죽는 것이 절대 아니며, 죽는 것은 저승에서 살아 있는 것으로
간주되지 않는다고 그 누가 말할 수 있겠는가?

에우리피데스, B.C. 454

목표 지점을 향해 날아가는 발사체처럼, 삶은 죽음에 이르러 끝을
맺는다. 상승하고 있는 순간이나 정점에 다다른 순간조차도 이 목
표 지점을 향해 나아가는 단계이자 수단일 뿐이다. 우리는 삶의 상
승을 위한 목표는 가치 있게 여기면서, 어찌하여 죽음은 가치 있게
여기지 않는가? 젊은이는 스무 해 넘게 자신의 본질을 깨달으려 애
쓰는데, 어찌하여 노인은 그 오랜 세월 동안 죽음에 대비하지 않는
것인가?

칼 융, 『영혼과 죽음』, 1934

죽음에 대한 낯섦을 떨쳐버리게 해주십시오. 죽음을 활용할 수 있게 해주십시오. 죽음에 익숙해질 수 있게 해주십시오…. 어디서 죽음이 기다리고 있는지 알 수는 없습니다. 그러나 어디서든 죽음을 기다릴 수 있게 해주십시오. 우리는 힘이 닿는 한 언제든 신발을 신고 나갈 준비가 되어 있어야 합니다. 죽음을 준비하면 우리는 모든 속박과 억압으로부터 자유로워지게 됩니다.

미셸 드 몽테뉴, 『수상록』, 1580

설령 매 순간 죽고 다시 태어날 수 있다고 해도 죽고 난 다음에 대해 왈가왈부하는 것은 쓸데없는 짓이다. 죽음이 얼마나 멋진 일인지 우리는 알지 못한다.

앨런 왓츠, 『불확실성의 지혜』, 1951

나는 성장할 수 있는 한 계속 살고 싶다. 그러나 성장의 법칙이 적용되지 않을 때는 기꺼이 떠날 것이다.

엘리자베스 배럿 브라우닝, 〈동생에게 보내는 편지에서〉, 1857

우리는 죽음의 고통을 겪으면서 쓸모 있는 것을 배울 수 있다. 더 나아가 교육을 좀 더 오래 받을수록 살아가는 방법과 삶을 끝마치는 방법에 대해 더 많이 배울 수 있다. 중요한 것은 평생 의식적으로 죽음을 기다려야 한다는 것이다…. 죽음은 우리의 자만심을 꺾어 줄 뿐만 아니라, 우리를 있는 그대로 받아준다. 그러하기에 어쩌면 죽음은 나쁜 일이 아니라 되레 우리에게 일어날 수 있는 가장 멋진 일일지도 모른다. 그것을 누가 알겠는가?

밀턴 메이어, 『죽음에 관하여』, 1965

죽음은 시작도 아니며 끝도 아니다. 언제 그 끝에 이르게 될지 누가 알겠는가? 죽음은 삶의 시작일 수도 있다. 삶을 사랑하는 것이 결국 에는 미혹이 아님을 내가 어떻게 알겠는가? 죽음을 두려워하는 사람은 집으로 가는 길을 잃어버린 어린아이와 같다는 것을 내가 어떻게 알겠는가? 죽은 자가 예전에 삶에 집착했던 사실을 뉘우치고 있음을 내가 어떻게 알 수 있겠는가?

장자

출발 시간이 다가와 나는 죽음의 길을, 너는 삶의 길을 떠난다. 어떤 길이 더 나을지는 신만이 알고 계신다. 신은 친절하게도 내 편이 되어 알맞을 때 가장 쉬운 방법으로 삶을 끝낼 수 있는 기회를 주실 것이다.

소크라테스, B.C. 399

달콤한 놀이에 물려 이제 내 심장은 기꺼이 멈추려 하니, 한번 남은 여름은 커다란 힘을, 한번 남은 가을은 잘 익은 노래를 내려 주는구나…. 한때 나는 신처럼 살았고, 이제는 아무것도 필요하지 않다.

횔덜린, 『운명에게』, 1798

소크라테스는 죽기 전날 이렇게 말했다. "내가 이미 이 삶과 작별을 고한 훌륭한 사람들 무리에 끼게 되리라고는 장담할 수 없다. 다만 아름다운 희망을 소중히 여길 뿐이다." 그는 결코 평정을 잃지 않은 채 침착하고 위대하게 죽음을 향해 나아갔으며, 죽음의 장막 너머로 가는 순간까지도 모든 것을 진지하게 판단했다. 유머를 잃지 않고 머뭇거리지도 서두르지도 않으면서, 또한 죽음이 끝이 아니라 시작이라는 흔들리지 않는 믿음을 갖고서.

아서 크리스토퍼 벤슨, 『잔잔한 물가에서』, 1907

당신이 지저분한 여인숙을 뒤로 하고 더 나은 숙소를 찾아 여행을 계속하는 것처럼, 그는 무심한 태도로 싫증을 느끼던 이 세계를 떠나갔습니다.

메리 워틀리 몬터규, 〈한 편지에서〉, 1759

내 정신력은 이제껏 후회 없이 지내 온 나의 '집'과 내가 차지해 온 자리를 할 수 있는 한 멀리 떠나가라고 요구하고 있다.

아일린 가렛, 『수많은 목소리』, 1968

힘들게 살면 지치는 게 당연하듯이, 나도 이제 지쳤으니 그만 쉬는 것도 괜찮을 듯싶습니다. 오랫동안 결합해 있던 내 몸의 기관들은 서로 떨어지려고 하는군요. 그 누가 이 기관들이 계속 결합해 있기를 바랄 수 있겠습니까?

지그문트 프로이트, 〈피스터에게 보내는 편지에서〉, 1925

만약 다시 한번 살 수 있다면, 나는 밤마다 죽음에 대해 생각하는 습관을 들일 것이다. 다시 말해 항상 죽음을 떠올릴 것이다. 삶을 강하게 단련하는 데 이보다 더 좋은 방법은 없다. 죽음이 다가올 때 놀라서는 안 된다. 죽음은 삶에 대한 충만한 기대, 그 일부가 되어야 한다.

뮤리엘 스파크, 『죽음을 기억하라』, 1959

나는 내가 죽을 것을 일주일 전에 미리 아는 상태에서, 마음이 흔들리지도 않고 몸에 매달리지도 않은 채로 죽고 싶다.

창펑

사람으로 살 수 있다는 것은 참으로 다행스런 일이다. 그래서 우리는 마음속 깊은 곳에서 우러나오는 웃음과 평화를 간직하고 지나온 세월과 우리 자신의 용기에 고마워하면서, 함께 앞으로 나아갈 수 있다.

올라프 스테이플던, 『최후의 인간과 최초의 인간』, 1930

나는 이제껏 살아온 삶에 대해 어떤 후회도 하지 않는다. 왜냐하면 태어난 게 잘못이었다는 생각이 들지 않을 만큼 나는 아주 잘 살아왔기 때문이다. 나는 집이 아니라 여인숙에서 살았던 것처럼 아주 유쾌하게 삶을 떠나간다. 왜냐하면 자연은 우리에게 계속 살 집이 아니라 잠시 머물 여관을 주었기 때문이다.

키케로, 『노년론』, B.C. 45

죽음은 보상의 과정이다…. 죽음을 통해 위대한 보상의 과정은 진행된다. 잎이 떨어져 흙이 되는 모습에서, 우리는 이 위대하고 영원한 보상 과정의 작은 예를 볼 수 있다.

앨리스 베일리, 『치료 비법』, 1953

나는 죽어가고 있는 것을 충분히 느끼면서 죽고 싶다…. 최후의 경험인 이 변화의 과정을 놓치지 않도록, 죽음이 내 몸속으로 스며들어와 완전히 퍼질 수 있게 서서히….

마르그리트 유르스나르, 『두 눈을 뜨고』, 1980

삶의 기술이 있듯 죽음의 기술이 있다…. 왜 변화를 달가워하지 않는가? 지혜로운 노년이 안겨주는 경험의 영예를 배우고, 당신 앞에 펼쳐진 굉장한 모험을 기대하라.

앨리스 베일리, 『백색 마법에 관한 논문』, 1934

나는 이제 곧 어둠 속으로의 위대한 도약이 될 마지막 항해를 하려 한다.

토머스 홉스, 〈병석에서〉, 1679

날마다 죽고 날마다 다시 태어나시오.

니코스 카잔사키스, 『신의 구원자들』, 1929

죽음은 사람이 경험할 수 있는 가장 흥미로운 여행이 되어야 한다.

얀 빌렘 반 데 베터링, 『일본인 시체』, 1977

물속에서 번데기로 살던 하루살이가 공기와 햇빛 속에서 영광을 누리는 데도 기쁨과 만족이 있듯이, 다가올 여행을 위해 이렇게 자유로워지는 데도 분명 커다란 기쁨과 만족이 있다. 낡은 껍질을 벗어 던지고 내려 쌓인 삶의 덮개를 없애는 데서 느끼는 야릇한 기쁨이 바로 그것이다. 이 오래되고 성가신 몸속의 결점과 굴레들은 떨어져 나가고, 영혼의 배는 야릇한 떨림을 안고 끝없는 항해를 시작한다.

에드워드 카펜터, 『사랑과 죽음의 드라마』, 1912

나는 우리가 침착하고 몸과 마음이 건강한 상태로 자연스럽게 현재 우리의 최선을 넘어 더 풍부하고 만족스러운 감각 인식에 이르게 될 것을 의심한 적이 없다. 그 최선이라는 것은 멍청이나 동물적인 감각을 넘어서는 것이기 때문이다.

메리 존스턴, 『덧붙여진 공간』, 1936

당신이 무슨 일을 하고 있든 그것은 이 세상에서 하는 마지막 일이 될 수 있습니다. 중요한 것은 어떤 일이건 온 정성을 다해야 한다는 것입니다. 그것이 당신의 마지막 일이 될 수 있기 때문입니다…. 이 세상에서 마지막 일을 하면서 그 일을 진정으로 원했는지 스스로에게 묻는 것은, 당신 삶이 얼마나 보잘것없고 어리석은지를 보여주는 것입니다.

데이비드 코플런드, 「힘의 속삭임으로의 열림」, 1992

아침마다 죽을 결심을 하십시오. 저녁마다 죽음을 생각하면서 마음을 새로이 하십시오. 끊임없이 그리하십시오. 그러면 당신은 마음의 준비를 하게 될 것입니다. 늘 죽음에 마음을 쏟는다면 삶을 헤쳐 나가는 당신의 길은 언제나 곧고 평탄할 것입니다. 단 하루를 살더라도 그 하루의 일을 다 하고 죽을 수 있어야 합니다. 한 달을 산다면 그 한 달의 일을 다 끝내고 죽을 수 있어야 합니다. 그리고 일 년을 산다면 그 일 년의 일을 다 하고 죽을 수 있어야 합니다.

요시다 쇼잉, 18세기경

나는 누구보다도 완벽하게 세상을 떠날 준비를 하였으며 세상으로부터 더 멀리 벗어나려고 하였다.

미셸 드 몽테뉴, 『수상록』, 1580

삶은 여름 꽃처럼 그리고 죽음은 가을 낙엽처럼 아름답게 만드십시오.

라빈드라나드 타고르, 『길 잃은 새들』, 1917

가을에 낙엽이 지는 것이 자명한 이치인 것처럼, 죽음 역시 참으로 자명한 이치이다.

빈센트 반 고흐, 〈동생 테오에게 보내는 편지에서〉, 1885

인두세를 내지 않던 그 옛날, 소로의 교도관이었던 샘 스테이플스는 3월에 소로를 방문하고 나서 에머슨에게 이런 보고서를 썼다. "그보다 더 만족스러워하며 시간을 보낸 이는 없었습니다. 그렇게 즐겁고 평화롭게 죽어가는 사람은 본 적이 없습니다." 살날이 채 두 달도 남지 않았을 때 소로는 구술 편지를 썼다. "당신은 무엇보다 제 건강에 대해 궁금해하시는군요. 제 생각에는 몇 달 살지 못할 것 같습니다만, 물론 알고서 하는 말은 아닙니다. 저는 여전히 제 삶을 즐길 뿐, 후회하지 않습니다…." 가족 가운데 신을 믿는 한 사람이 그에게 하느님과 화해했는지 물었다. 신과 다툰 적이 있었는지 모르겠다는 말은 오직 소로만이 할 수 있는 대답이었으리라…. 의식이 가물가물해지면서 그는 문명의 길이 자연의 길로부터 운명적으로 갈라져 나온 곳에서 만난 적 있는 자기 존재의 심연 속으로, 명료한 사고 아래로 가라앉았다. 그때 그는 속삭였다. "커다란 사슴과 인디언들."

조셉 우드 크러치, 『소로』, 1948

나뭇잎이 떨어질 때, 온 세상은 걸어 다니기에 좋은 묘지가 된
다⋯. 나뭇잎으로 이루어진 무덤은 얼마나 아름다운가! 썩어서 흙
이 되는 것은 얼마나 고귀한 일인가! 그들은 우리에게 죽는 법을 가
르쳐준다. 화창한 날씨에 몸을 벗어 던지듯이, 불멸을 믿는 사람들
이 고귀하고 품위 있게 죽는 날이 올지 참으로 궁금하구나.

헨리 데이비드 소로, 『낙엽』, 1862

노랗고 붉게 타오르는 가을 단풍은 정녕 얼마나 아름다운지! 죽음
속에서도 순수하고 사랑스러우며, 여름의 아름다움과 싱싱함으로
가득 차 있구나! 신기하게도 잎은 아직 시들지 않았다⋯. 그런데 사
람은 어찌하여 이토록 비참하게 죽어가고 있는가? 왜 이런 잎새처럼
아름답게 죽지 못하는 것인가?

지두 크리슈나무르티, 『마지막 저널』, 1987

죽을 때가 되자, 추장은 침대에서 천천히 몸을 일으키고는 전투용 갑옷과 셔츠, 각반을 신고 허리띠를 찼다. 그리고 주황색 물감을 가져오게 하여(거울이 앞에 놓여 있었는데) 얼굴과 목에는 반쯤, 허리와 손등에는 전부 칠했다. 날카로운 칼을 신중한 자세로 허리에 찬 다음, 편안히 누웠다. 그러다 다시 비스듬히 앉아 미소를 지으며 모두에게 말없이 손을 내밀고 힘없이 바닥으로 쓰러졌다(도끼와 손잡이를 꼭 움켜쥔 채로), 마지막 순간까지 아내와 아이들을 쳐다보면서.

월트 휘트먼, 『풀잎』, 1892

우리는 정말로 온 힘을 다 쏟았을 때야 즐겁게 죽을 수 있다.

칼렌, 『근대세계에서의 치유』, 1928

노년에 평온하게 죽는 것은 걸어서 노년에 이르는 것과 같다.

빈센트 반 고흐, 〈동생 테오에게 보내는 편지에서〉

삶과 죽음을 단절 없는 연속으로, 영원한 진자의 흔들림으로 보았던 사람들은 삶 속으로 걸어온 만큼 자유로이 죽음을 향해 갈 수 있었다. 소크라테스는 동료들의 울음에 어쩔 줄 몰라 하며 죽어갔다. 많은 선禪의 대가들은 평정한 마음으로, 심지어는 미소를 띤 채 자신들의 마지막 시간을 기다렸다.

필립 캐플로, 『죽음의 바퀴』, 1971

선의 대가 로쉬 타지가 죽음을 앞두고 있을 때 선임 제자들이 그의 침대 앞에 모였다, 한 제자가 로쉬가 좋아하는 케이크를 기억해 내고는, 반나절 동안 도쿄의 과자점을 뒤져서 찾아낸 케이크를 로쉬에게 갖다주었다. 죽어가던 그 사람은 희미한 웃음을 머금은 채 케이크를 받아들더니 천천히 먹기 시작했다. 점차 그의 기력이 쇠해 가자 제자들은 자신들을 위해 한 말씀 해달라고 그에게 청했다. 로쉬는 "물론." 하고 대답했다. 제자들은 그의 지혜로운 말을 듣기 위해 가까이 몸을 숙였다. "자, 이제 말씀해 주십시오." 그러자 그는 "그런데 이 케이크는 정말 맛있구나!"라는 말과 함께 죽었다.

작자 미상

나는 지금 그릇을 닦지 않아도 되는 곳으로 간다. 크림을 만들지 않아도 되고 바느질을 하지 않아도 되는 곳, 모든 일을 내 뜻대로 할 수 있는 곳으로 간다. 먹지 않는 곳에서는 그릇도 닦지 않을 것이기에. 지금 나를 위해 절대 애도하지 말라. 나는 영원히 아무것도 하지 않는 곳으로 가려는 것이니.

어느 식당 여종업원의 묘비에서, 1860

설령 천국에 관한 통념이 옳다고 해도, 천국이 얼마나 따분한 곳일지 생각해본 적 있습니까? 순수하게 모든 것이 게으른 상태, 다시 말해서 모든 것이 다 이루어져 있기에 할 일도 없고, 또한 도와줘야 할 사람도, 연민을 느낄 사람도, 기도해줘야 할 사람도 없어서 찬송을 부르는 것 말고는 할 일이 없는 그런 상태에 대해서 말입니다.

존 그린리프 휘티어, 〈엘리자베스 로이드에게 보내는 편지에서〉, 1860

"당신은 죽은 뒤 어떻게 묻히고 싶으십니까?" 소크라테스가 숨을 거두기 직전 크리톤이 물었다. 현자 소크라테스는 이렇게 대답했다. "만약 그대가 나의 뜻을 이해할 수 있다면, 나는 그대가 원하는 대로 묻히겠소."

작자 미상

길고도 긴, 유명한 잠.

새벽이 와도 다리를 뻗지도 않고 눈꺼풀을 깜박이지도 않는

참으로 자유로운 잠.

이 같은 게으름이 예전에 있었던가?

돌 오두막 안에서,

몇 백 년 동안 햇볕을 쬐기 위해,

한낮이 되도록

얼굴을 내밀지 않은 적이 있었던가.

에밀리 디킨슨, 『시집』, 1890

내게 죽음은 종종 책임과 성가시고 하찮은 일들에서 벗어나게 하는 구원으로 여겨진다.

랠프 월도 에머슨, 《저널》, 1845

존이 죽어가고 있을 때, 사람들은 그에게 신부를 부르겠냐고 물어보았다. "괜찮습니다." 그가 진심으로 대답했다⋯. 그가 죽기 몇 시간 전에, 예전에 그와 장기를 두면서 철학을 논하곤 했던 한 친구가 찾아왔다. 장군을 부르는 것처럼 존이 말했다. "머지않아 나는 영원한 문제들에 대한 진정한 답을 알게 될 걸세." 그의 눈은 기쁨으로 반짝거리면서 친구에게 이렇게 말하는 듯했다. "여전히 난 자네보다 한 수 위라네."

존 테터머, 『나는 수도사였다네』의 서문에서, 1951

내가 젊은 나이에 죽는다고 슬퍼하지 마라. 삶이 그 빛을 잃어버리기 전에 사라지는 게 낫지 않은가?

플로라 헤이스팅스, 『백조의 노래』, 1830

프라우 크누프는 딸이 죽기 전에 남긴 말을 친구 릴케에게 편지로 써 보냈다. "이제 난 춤을 출 거야!"

라이너 마리아 릴케, 『오르페우스에게 부르는 노래의 각주에서』, 1942

그러니 즐거운 마음으로 가렴, 하늘나라로.

리처드 버튼, 『멜랑콜리의 해부』, 1621

죽기 전에는 그 누구도 자신이 행복한지 판단할 수 없다.

에우리피데스, 『트로이의 여인들』, B.C. 444

죽음은 참되고 맘씨 좋은 최고의 친구이며… 진정한 행복으로 가는 문을 여는 열쇠입니다.

모차르트, 〈아버지에게 보내는 편지에서〉

그대가 내 발에 스케이트 날을 맬 때

죽음이여, 미소를 지어요.

우리가 눈으로 뒤덮인 채 잠들어 있는 버드나무 사이로 미끄럼을 타

게 해주어요.

그대 얼굴을 보여주어요. 아, 눈빛이 무척 다정하군요!

우리 떠나갈 때는 삶에 대해 말하지도 믿지도

그리고 기억하지도 않을 거예요.

살럿 뉴, 『농부의 새색시』, 1920

나는 당신을 동정하지 않고, 오히려 축복한다⋯.

그 누가 탄생을 행운으로 생각했던가? 나는 그렇게 생각하는 사람

에게 죽는 것도 행운이라고 어서 말해 주겠다.

월트 휘트먼, 『풀잎』, 1892

내가 죽어야 하고,

네가 살아야 한다면,

언제나 그랬듯이,

시간은 계속 흘러야 하고,

아침은 환하게 밝아야 하며,

한낮은 달아올라야 하고,

새들은 예전처럼 둥지를 짓고

벌들은 윙윙거리며 돌아다닌다면,

그때는 지상의 일에서 자유로이 떠나리!

우리가 데이지꽃과 함께 누워 있는 동안에도

주식이 오르고

상거래는 계속되며

무역은 활발해질 것임을 안다는 건

기분 좋은 일이로구나.

이는 이별을 고요하게 만들고

영혼을 평온함에 머물게 하니,

신사들은 이 즐거운 장면을

기꺼이 받아들이는구나.

에밀리 디킨슨, 『시집』, 1890

우리는 축복할 만한 세상에서 살고 있다. 당신은 갖고 있던 모든 것을 이 세상에 내놓는다. 그 모든 것을 말이다. 그 속에는 당신의 죽음도 들어 있다. 당신이 할 수 있는 가장 좋은 일은, 죽음이 다가왔을 때 죽음을 소유하는 것이 아니라 죽음에게 자신을 내주기 위해서 죽음을 기꺼이 받아들이는 일이다. 당신의 죽음을 영광되게 하라. 그것은 신성하며… 삶을 장엄하게 만든다…. 죽음은 우리와 함께 걸어간다. 우리가 신 혹은 장엄함에 대해 어떻게 생각하든지 간에 죽음은 우리와 함께 걸어가는 것이다.

스콧 사이먼스, 《게으른 자》와의 인터뷰, 1989

연민은 살아 있는 사람을, 질투는 죽은 사람을 위한 것이다.

마크 트웨인

이승의 삶은 우리 모두 같은 배를 타고 바다를 건너는 것과 같다. 죽음 속에서 우리는 해안에 이르고 각자 다른 세계로 간다.

라빈드라나드 타고르, 『길 잃은 새들』, 1917

축하의 시간이다!

자, 이제 위대한 평화와 위대한 안식이 오고 있다!

왜가리 떼는 봄을 찾아 끝없이 날아가고 있구나.

그들은 자신이 어디로 가야 하는지 알고 있다.

오 나의 영혼이여, 무엇을 두려워하느냐?

마이어, 『후센스 케르커』

우리는 모두 영원한 시간의 강 아래로 떠내려가다 어딘가에서 배를 탄 다음, 깅 아래에서 기다리는 사람들이 탈 수 있도록 배에서 내리는 여행자와도 같다.

린위탕, 『생활의 발견』, 1937

당신은 배를 탔고 항해를 했다. 이제 해안에 닿았으니 배에서 내려야 한다.

마르쿠스 아우렐리우스, 『명상록』, A.D. 180

반드시 떠나야만 하는 중요한 때가 있다. 그때 우리는 다른 사람들의 차지가 된 땅에 더 이상 머물러서는 안 된다.

토머스 제퍼슨, 〈벤저민 러쉬에게 보내는 편지에서〉, 1811

필요하고 시기적절한 죽음은 각자의 쉴 곳이 친구보다 가치가 있게 될 때 자신만의 길을 가도록 인도하는 작은 시계와도 같다.

칼 본호르스트, 〈한 편지에서〉 1978

죽음은 궁극적으로 집단의 선을 위한 것이다.

로버트 모리슨, 「마지막 시」, 1974

잘 살 수 있는 방법을 배워라. 아니면 정당한 유언을 준비하라.
당신은 멋지게 뛰어놀았고 사랑했으며 한껏 먹고 마셨다.
더욱 활기찬 세대가 재잘거리며 다가와 당신을 무대에서 밀어내기 전에 맑은 정신으로 걸어 나가라.

알렉산더 교황, 『전원 시집』, 1709

나는 늙었고, 머지않아 죽을 것이다…. 나는 종종 죽음에 대해 생각한다. 나는 준비가 되어 있다…. 이제 세상과 헤어질 시간이다.

빅토르 위고

생명체가 자신의 모든 것을 내줄 때, 죽음은 진화의 질서에 기여한다.

구스타프 겔리, 『무의식에서 의식으로』, 1918

죽음은 인구 과잉에 대한 자연의 해결책일 뿐이다.

조지 버나드 쇼

이제 때가 되었으니, 오늘 나는 죽을 거예요.
오! 널찍하고 높다란 무덤을 만들어 주세요….
오른쪽에는 날 위해 작은 창문을 열어주세요.
그 창문으로 제비들이 날아와 봄이 왔음을 알리고, 아름다운 5월의 달빛을 받으며 나이팅게일이 노래 부를 수 있도록….

로마의 발라드, 1842

이런 경험은 참으로 흥미진진한 것임이 틀림없다. 여행의 출발을 이야기 해 보자! 그 어떤 여행이 아름다운 경치와 전망 그리고 신의 부르심이 있는 이 항해와 비교될 수 있을까? 거듭 말하지만, 모든 사람이 겪어왔고 지금도 겪고 있는 경험이기에 그것은 우리의 마음을 설레게 한다. 설령 이런 경험을 피할 수 있다 해도, 그렇게 되기를 바라는 사람은 없을 것이다.

에드워드 카펜터, 『사랑과 죽음의 드라마』, 1912

평화로운 내 마음이여, 이별의 시간이 달콤하게 하소서.

그 시간을 죽음이 아닌 완성이 되게 하소서.

사랑이 기억으로, 고통이 노래로 녹아내리게 하소서.

하늘로 날아올랐다가 둥지에서 날개를 접게 하소서.

당신의 마지막 손길을 밤의 꽃처럼 부드럽게 하소서.

오, 아름다운 끝이여, 잠시 조용히 서서 당신의 유언을 침묵 속에서 남겨주소서.

나는 당신께 고개를 숙이며, 등불을 들어 당신 가시는 길을 환히 비춥니다.

라빈드라나드 카고르, 『정원사』, 1945

우리가 강을 건너 나무 그늘에서 쉴 수 있게 해주소서.

스톤월 잭슨, 〈유언〉, 1863

나 떠날 때

눈물 흘리지 마세요.

나 누워 있는 곳에

어둠이 떠돌지 않게 해주세요.

막막한 마음이 옛 연인을

부르게 해주세요.

내가 하늘을 들이마실 수 있게 해주세요.

작자 미상

마지막 순간에는 부드럽게

성채처럼 튼튼한 벽으로부터

꼭 잠긴 자물쇠로부터,

굳건히 닫힌 문으로부터,

나를 자유로이 떠돌게 해주소서.

소리 없이 미끄러져 가게 해주소서.

부드러움이라는 열쇠로, 속삭임으로

문을 열어주소서, 오 영혼이여

부드럽게, 서두르지 말고

(오 유한한 육체여, 네 위력이 이리도 강하구나.

오 사랑이여, 네 위력이 이리도 강하구나.)

월트 휘트먼, 『풀잎』, 1892

나 죽거든 발코니 문을 열어 두세요.

페데리코 가르시아 로르카, 〈유언〉, 1935

나로서는 죽고 난 뒤의 삶에 대해 생각해 볼 필요성을 못 느낀다. 나는 스스로 가치 있는 사람으로 여기고 있으며 그것으로 충분하다. 언젠가는 내게 특권으로 주어졌던 숨결을 지구상의 누군가가 다시 내쉬게 될 것이다…. 만약 그 숨결을 또다시 얻을 수 있는 곳이 있다면, 여기에서 그랬던 것처럼 적극적으로 살고 싶다. 그러나 그곳이 없다면 그동안 살아온 것만으로도 충분하다.

아일린 가렛, 『수많은 목소리들』, 1968

죽음 너머에 그 무엇도 없다 해도 나는 그 사실에 감사드릴 것이다. 이 늙고 닳아버린 껍데기는 그대로 남겨둔 채 이 허둥거리는 정신이 더한 총명함을 얻는 또 다른 삶이 있다면, 나는 그 사실에도 감사드릴 것이다.

맬컴 머거리지, 「반쯤 죽음을 사랑하며」, 1970

창조적인 사람에게 삶과 죽음은 똑같은 가치를 지닌다. 이는 모든 대립하는 것에 해당하는 사실이다. 중요한 것은 어디서 어떤 식으로 삶 또는 죽음을 맞이하느냐 하는 것이다. 삶이 죽음보다 더 죽음 같을 수도 있으며, 반면 죽음이 삶으로 가는 길을 열어줄 수도 있다.

헨리 밀러, 『우주적인 눈』, 1939

죽음 그리고 죽을 운명에 대한 당신의 쓰라린 집착, 이런 것들로 나를 놀라게 하려는 것은 어리석은 짓이다.

월트 휘트먼, 『풀잎』, 1892

그럼, 맑은 눈으로 미소를 지으며 나아가라. 가서 죽음을 친구처럼 맞이하라.

루퍼트 브룩, 「두 번째로 좋은 것」, 1905

별이 빛나는 광활한 하늘 아래,

무덤을 파고 저를 눕혀주소서.

저는 즐거운 마음으로 살았고, 즐거운 마음으로 죽습니다.

그러기에 기꺼이 눕습니다.

이것은 당신이 저를 위해 쓰신 애도의 시구입니다.

여기 바라던 곳에 그는 누워 있습니다.

집이 된 바다에 뱃사람이 있고,

집이 된 언덕에 사냥꾼이 있습니다.

로버트 루이스 스티븐슨, 「진혼곡」, 1887

차라리 별빛 아래 적당히 마른 도랑에 빠져 죽는 편이 더 낫겠다.

조지 버나드 쇼

영혼은 육체가 죽고 난 뒤에야 비로소 살게 됩니다. 영혼은 커다란 문을 통과해, 어둠 속에서 자신의 근원으로 통하는 길을 냅니다. 이 영혼이 계속 나아가게 해주소서.

이집트인으로부터

죽음이 문을 두드리는 날 당신은 그에게 무엇을 안겨 주시겠습니까? 저는 그 손님 앞에 제 삶으로 가득 넘치는 그릇을 내놓을 것입니다. 절대로 그가 빈손으로 돌아가지 않게 할 것입니다. 죽음이 문을 두드리면, 저는 삶을 마감하기 전에 가을 낮과 여름 밤 동안 익은 달콤한 포도주와 함께 제 삶이 선사한 수확물과 이삭들을 그의 앞에 내놓을 것입니다.

라빈드라나드 타고르, 『기탄잘리』, 1912

슬픔과 의심, 혼란,
이것들은 내가 버려온 것들이며
일과 사랑, 이해,
이것들은 내가 취해 온 것들이다.
칼날이 그에게 승리를 안겨주었을 때,
그는 갑옷을 내려놓으며
이른 아침 날개 위로 햇살을 받는 어린 독수리처럼
아침의 입맞춤을 머리에 얹은 장미처럼
자신의 영혼이 일상을 떨치고
높은 곳으로 자유로이 나아가게 한다.

페이션스 워스, 「죽음의 승리」, 1922

죽음을 두려워하지 않는 이들에게 그것은 위협이 되지 못한다.

노자

자신이 원하던 방식으로 살아왔다고 느끼는 사람에게는 두려움이 없다.

스탠리 켈러먼, 『생생한 당신의 죽음』, 1974

자연이 정한 일은 틀림없이 모두 훌륭할 것이다. 죽음은 자연스러운 일이기에, 그것을 두려워하는 것은 참으로 어리석은 짓이다.

리처드 스틸 경, 『태틀러』, 1709

그대들의 무릎에 엎혀사느니, 차라리 그대들의 발에 깔려 죽는 편이 낫습니다.

돌로레스 이바루리, 〈연설 중에서〉, 1936

내가 무엇을 두려워해야 하는가?
만약 그들의 화살이 내리꽂혀
내게 죽음을 가져온다면,
그 무엇에 통곡할 것인가?
다른 이들은 먼저 갔으며,
또 다른 이들도 그 뒤를 따를 것이다.

다그 함마르셸드, 『흔적』, 1964

만약 내가 잔인하게 죽을 수 있다면 이 얼마나 멋진 성공일까! 나는
비명횡사하기를 바란다. 내가 쉴 곳이 더 이상 없게 되기를 바란다.
그 지긋지긋한 소멸의 과정을 겪으니 차라리 물에 빠져 죽거나 총에
맞아 죽거나 말에서 떨어져 죽거나 목을 매어 죽겠다.

로버트 루이스 스티븐슨, 1895

나는 내 맡은 자리에서, 거리에서 아니면 감옥에서 죽기를 바랍
니다.

로자 룩셈부르크, 〈소냐 리프크네히트에게 보내는 편지에서〉, 1919

우리가 인도에서 쉬는 동안 어떤 적이 우리를 향해 오고 있을까요? 그것은 죽음입니다. 죽음이 바로 그 적입니다. 나는 지금 죽음에 맞서 창을 아래쪽으로 겨누고, 마치 젊은 청년이 그러하듯 머리를 휘날리며 달리고 있습니다…. 오 죽음이여, 나는 말에 박차를 가합니다. 나는 패배하거나 항복하지 않고, 당신에게 맞서 몸을 날릴 것입니다.

버지니아 울프, 『파도』, 1931

나는 죽게 될 것이다. 이 사실 앞에서 무엇이 두렵겠는가? 내게 두려움을 일으키지 않고도 수많은 변화가 이 몸속에서 일어나지 않았던가? 그런데 나는 어찌하여 아직 일어나지도 않았고 이성과 경험에 반하지도 않으며, 내게는 너무나도 명료하고 친숙하며 자연스러워서 평생 조화를 이루어온 변화를 두려워하는가? 또한 그 변화가 죽음에 꼭 필요한 것이어서 수긍할 만한 삶의 조건이라고 생각해 왔는데 왜 두려워하는가? 도대체 여기 어디에 두려운 것이 있단 말인가?

레오 톨스토이, 『삶의 의미』

겁쟁이처럼 살아오지 않았다면, 겁쟁이처럼 죽지도 않을 것이다.

어비스 칼슨, 『시간이 충만한 속에서』, 1977

겁쟁이들은 죽기 전에 이미 수많은 죽음을 겪지만,

용감한 이는 단 한 번 죽음을 맛본다.

여태껏 내가 들어온 말 중 가장 이상한 것은,

피할 수 없는 종말인 죽음이

때가 되면 온다는 걸 알면서도

두려움에 떨어야 한다는 것이다.

윌리엄 셰익스피어, 『줄리어스 시저』

죽음에 대한 두려움을 치유하는 가장 좋은 방법은, 삶에는 시작과 함께 끝이 있다고 생각하는 것이다. 한때 당신이 존재하지 않았던 시간이 있었지만, 우리는 거기에 아무런 관심을 기울이지 않는다. 그런데 왜 우리는 자신이 더 이상 존재하지 않을 때를 걱정하는가? 죽음은 태어나기 전의 상태로 돌아가는 것에 지나지 않는다.

윌리엄 해즐릿, 『좌담』, 1821

죽음이 두렵지 않으냐는 물음에 아인슈타인은 이렇게 답했다. "나는 살아 있는 모든 것들이 굳건히 결속되어 있다고 믿기에, 어느 한 존재의 생명이 어디서 시작되고 끝나는지에는 관심이 없습니다."

작자 미상

삶과 죽음은 주기적으로 오가는 것이기에, 나는 떠날 때 뒤를 돌아보지 않는다. 삶은 죽음을 뒤따르며 죽음은 삶의 시작이다. 그 끝이 언제 올지 누가 알겠는가? 삶은 생명의 흐름이 한 곳에 모여들 때 생겨난다. 그러한 모여듦이 삶이며 그 흩어짐이 죽음이다. 삶과 죽음이 연속적인 상태에 불과하다면, 과연 불평할 필요가 있을까?

장자

죽음이요? 왜 죽음을 가지고 이렇게 야단법석입니까? 상상력을 발휘해 보세요. 죽음이 없는 세상을 머릿속에 그려보세요! 죽음은 죄악이 아니라 없어서는 안 될 삶의 조건일 따름입니다.

샬럿 퍼킨스 길먼, 『샬럿 퍼킨스 길먼의 삶』, 1935

침착하게 두 손을 모으고 기다린다.

바람과 물결, 바다에는 마음 쓰지 않는다.

더 이상 운명이나 시간에 노여워하지 않는다.

오, 나의 것이라면 결국 내게로 올 것이기에.

조바심을 버리고 느긋해진다.

걸음을 재촉하는 것이 무슨 소용이 있을까?

나는 영원의 길 한복판에 서 있다.

나의 것이라면 내 얼굴을 알아볼 것이다.

밤이면 하늘엔 별이 뜨고,

썰물은 바다로 빠져나간다.

시간도, 공간도, 깊이도, 높이도,

내게서 나의 운명을 멀어지게 할 수 없다.

존 버로스, 「기다림」, 1906

삶은 끊임없이 자연으로 되돌아가는 해체의 과정이다. 반면 죽음은 이 해체 과정의 시작이 아니라 끝이다. 죽음보다 삶에서 그 과정이 더 자주 일어나는데, 어찌하여 우리는 삶을 두려워하지 않는 걸까?

구스타프 페히너, 『죽고 난 뒤의 삶』, 1836

두려워한다고요? 내가 누구를 두려워하는 걸까요? 죽음은 아닙니다. 죽음은 누구를 위해 있는 걸까요? 내 아버지의 거처에 있는 짐꾼도 바로 그만큼은 나를 겁나게 하지요.

에밀리 디킨스, 『시집』, 1890

나를 어둠 속으로 끌어내리고, 지금의 삶에서 미지의 삶으로 나의 꽃들을 거두어가는, 보이지 않는 죽음의 검은 손을 내가 두려워하고 있단 말입니까? 나는 다만 존경심과 야릇한 만족감 속에서 죽음을 두려워하고 있을 따름입니다.

데이비드 허버트 로렌스

안녕 형제들이여,

안녕 땅과 하늘이여,

안녕 이웃의 강들이여,

나의 시절이 끝나고

죽을 차례가 돌아왔네.

월트 휘트먼, 『풀잎』, 1892

기쁘구나! 동료 선원이여, 기쁘구나!

(죽음에 이른 내 영혼에 기쁨에 차 외치네.)

삶이 끝나고, 또 다른 삶이 시작되는구나.

이제 아주 오래 머물렀던 항구를 떠난다!

마침내 배는 출항 준비를 끝내고, 나아가기 시작한다….

그리고 재빨리 해안을 떠나가는구나.

기쁘도다! 동료 선원이여, 기쁘도다!

월트 휘트먼, 『풀잎』, 1892

죽음에서 얻을 수 있는 기쁨은 아주 클지니,

바다에서 일확천금을 버는 장사꾼들의 기쁨보다도,

전투에서 승리를 자랑하는 신들의 왕이 느끼는 기쁨보다도,

완벽한 몰입의 황홀경을 경험하는 현자들의 기쁨보다도.

때가 되어 길을 떠나는 나그네처럼,

나는 더 오래는 이 세상에 남지 않으리라,

다만 불멸의 위대한 기쁨을 맛볼 수 있는 성채로 가리라.

나의 삶은 끝났고, 나의 업은 다했도다.

은혜로운 기도가 축복한 것들은 다 써버렸도다.

이 세상의 모든 것은 이제 끝이 났고,

이 삶에서의 공연은 막을 내렸도다.

순결하고 광대한 바르도에서

문득 나는 내 존재의 본질을 깨달으리라.

이제 태초의 완전한 땅에

자리 잡을 때가 다가왔도다.

티베트의 롱첸파, 「유서」, 1400

여기 탁 트인 바다가 시작된다. 인간의 호기심과 나란히, 가장 강렬한 열망만큼 높이 솟구쳐 오르는 한 번뿐인 찬란한 모험이 시작된다. 죽음이 우리가 여태껏 이해하지 못한 삶의 한 형식이라는 사실에 익숙해지자. 탄생을 바라보는 눈으로 죽음을 바라보자. 그러면 우리의 마음은 이내 탄생을 맞이하는 기쁜 마음으로 무덤의 계단에 다가갈 수 있을 것이다.

모리스 메테를링크, 『우리의 영원함』, 1913

죽음을 이룬 이들의 겸허함이여.
내게는 대지의 왕들보다
더 큰 위엄이 있구나.
영혼은 자신이 '부재중'임을
육신 위에 새겨놓고,
아름다운 꿈같은 발걸음을,
만지고 싶어 하는 마음 너머로
이끌어가는구나.

에밀리 디킨슨, 『시집』, 1890

진실의 수호자가 그의 친구를 불러 말했다. "나는 이제 아버지의 집으로 가려 하네. 여기까지 오는 동안 많은 어려움이 있었지만, 지금 내가 있는 이곳에 이르기 위해 겪어온 고난들에 대해서 후회하지는 않네. 순례를 성공적으로 끝낼 수 있게 해준 칼과 그것을 사용할 수 있는 용기와 기술을 죽음에 주려 하네. 이제는 내 은인이 된 그와 예전에 전투를 벌였음을 알려주기 위해 이 흉터와 상처를 가지고 가겠네…." 많은 사람이 강가로 그를 배웅했을 때 그는 말했다. "죽음이여, 당신의 가시는 어디에 있습니까?" 그리고 그는 더 깊이 들어가면서 말했다. "무덤이여, 당신의 승리는 어디에 있습니까?" 노래를 부르며 그는 강을 가로질러 갔고, 건너편에서는 트럼펫 소리가 울려 퍼지고 있었다.

존 버니언, 『천로역정』, 1678

나는 왕자가 특사에게 은혜를 베풀듯 기쁘게 죽음을 맞이할 것입니다.

존 웹스터, 『하얀 악마』, 1608

오늘 죽음이 내 앞에 있네. 앓던 사람이 낫는 것처럼, 앓고 나서 정원에 나가보는 것처럼.

오늘 죽음이 내 앞에 있네. 연꽃의 향기처럼, 물이 넘쳐흐르는 둑에 앉아 있는 것처럼.

오늘 죽음이 내 앞에 있네. 홍수의 물길처럼, 전함에서 내려 고향으로 돌아가는 것처럼.

오늘 죽음이 내 앞에 있네. 창과 방패에 지친 사람에게 약을 발라주는 의사처럼.

오늘 죽음이 내 앞에 있네. 오랜 세월 감금되어 집을 그리워하는 사람처럼.

오늘 죽음이 내 앞에 있네.

오 친구여, 어둠에 묻혀 있는 그대의 손이여.

어서 오시오!

이집트인으로부터

우리가 두려움에 떨면서 최고의 악으로 받아들이는 죽음이 최고의 선

이 될 수 있는지는 그 누구도 모른다.

소크라테스

3부

죽음, 굉장히 좋은 일

죽음은 여러모로 중요하고 걱정이 되는 우울한 일입니다. 사람에게 닥치는 자연 현상 중에서 이보다 더 중요한 것은 없습니다.

클래런스 대로, 〈강연에서〉, 1920

죽음처럼 자연스럽고 필연적이며 보편적인 현상이 한때 신의 뜻에 따라 악으로 여겨졌다는 것은 믿을 수 없는 일이다.

조너선 스위프트, 『종교에 관한 생각들』, 1731

어린 시절, 내가 앞으로 있을 삶에 대해 어떻게 생각하시냐고 여쭈었을 때 아버지는 이렇게 말씀하셨다. "우리가 확신할 수 있는 것은 어떻게 살든 누구도 자기 삶에 실망스러워하지 않는다는 사실이란다."

랠프 월도 에머슨, 「불멸」, 1885

하늘이 내리는 가장 참된 말이 가장 정당한 말이다. 하여 나는 기대를 저버리는 일은 그 무엇도 받아들이지 않을 것이다.

헨리 데이비드 소로, 《저널》, 1852

내가 죽음에 대해 생각하면서 완전한 평화 안에 머물 수 있는 것은, 우리의 영혼이 파괴될 수 없는 본성을 지닌 존재라고 굳건히 믿고 있기 때문이다. 우리의 영혼은 영원에서 영원으로 움직인다. 마치 태양처럼, 그것은 우리 인간의 눈에는 꺼져가는 듯하지만, 실은 꺼지지 않고 영원히 빛난다.

괴테, 1830

죽을 때 우리는 다른 영역들과는 떨어져 있으면서도 그들을 더 넓게 감싸 안는 더욱 새롭고 자유로운 영역으로 걸어간다.

구스타프 페히너, 『죽고 난 뒤의 삶』, 1836

이 세상이란 것도 없고, 저세상이란 것도 없으니, 오직 위대한 조화만이 있을 뿐이다.

라이너 마리아 릴케, 『오르페우스에게 바치는 소네트』, 1942

어쩌면 커다란 깨달음이 있어서, 낱낱이기를 그만두고 하나가 될 것이며, 마치 베일이 벗겨지듯 각자 그리고 모두 속에 있는 자신을 보게 됨으로써 인간의 신성함을 깨닫게 될 것이다.

래프카디오 헌, 『갈까마귀로부터 온 편지』, 1930

내가 한 번도 의심해 본 적 없는 한 가지 사실은, 이 세상에 머무는 것은 더 큰 과정의 한 부분에 불과하다는 점이다.

맬컴 머거리지, 「반쯤 죽음을 사랑하며」, 1970

죽음을 소멸이라 생각하지 마십시오. 영감이 차오르지 않는 사색은 진실이 되기에는 너무 조야합니다. 당신의 무딘 상상력은 이 우주의 장엄함과 경이로움을 모욕하고 있습니다…. 당신의 설익은 견해를 이 우주에 투영시키지 마십시오.

브라이언 스윔, 『우주는 한 마리 초록빛 용』, 1984

해마다 다시 생생해지는 정원이 그러하듯, 죽고 난 뒤의 삶 역시 그렇게 이상한 것은 아니다.

아그네스 라이언, 『시집』, 1950

죽음은 규모가 좀 더 큰 일종의 외출에 지나지 않는다.

새뮤얼 버틀러, 『노트』, 1870

심리학적으로 보았을 때 죽음은 출생이나 삶만큼이나 중요하다. 그것은 삶의 필수적인 부분이며 존재의 확장이다. 죽음 앞에서 움츠 러드는 것은 남은 삶의 목표를 없애버리는 병적이고 비정상적인 행 동이다. 삶의 절정을 원하지 않는 것은 끝까지 꿰뚫어 보지 못하는 것과 같다. 성장하는 것과 숨을 거두는 것은 똑같은 삶의 고비이다.

칼 융, 1961

나는 죽음이 우리가 생각하듯 끝이 아니라 오히려 진정한 시작임을 알고 있다. 영혼뿐만 아니라 물질도 사라지거나 죽지 않는다.

월트 휘트먼, 『민주주의의 미래상』, 1871

나는 죽은 자들 위에서 닫히는 무덤이 하늘을 연다고 말하고 싶 다. 우리가 이 세상에서 소위 끝이라고 부르는 것은 일종의 시작이 다···. 죽음은 삶으로 들어가는 정문이다.

빅토르 위고

육신의 죽음은 삶의 영원한 순간 중 하나일 뿐, 그다지 대단한 것은 아니다.

휴 랑송 포싯, 『마음을 다해』, 1952

죽음은 우리의 영원한 동반자이다. 죽음은 언제나 우리 곁에, 우리가 팔을 뻗으면 닿는 곳에 있다…. 죽음에 조언을 구하라. 그리고 마치 죽음이 다가오지 않을 것처럼 생각하는 이들이나 가질법한 지긋지긋한 소심함을 버려라…. 당신 주위에 있는 죽음의 존재를 느껴보라.

카를로스 카스타네다, 『익스틀런으로의 여행』, 1972

자연은 생명을 버리는 것이 또 다른 생명에게 자기를 내어주는 것이라고 가르친다. 참나무는 그 껍질 안에 풍부하고 신선한 양분을 품은 채 땅으로 돌아가지만, 그 양분은 갓 태어난 숲에 원기 왕성한 삶을 선사한다.

헨리 데이비드 소로, 《저널》, 1837

한 생명체의 삶이 끝나갈 때 우리는 그것을 아주 자연스럽게 받아들인다. 도무지 알 수 없는 삶의 주기가 끝나는 것은 아주 자연스럽고 행복한 일이다.

레이첼 카슨, 〈친구에게 보내는 편지에서〉, 1963

이 세상의 죽음은 매 순간 수많은 방식으로 생겨난다. 존재는 죽음을 겪으면서 살아간다. 즉 죽음을 통해서 자신을 새롭게 만든다. 또한 죽음은 이 세상에서 가장 신비로운 것인데, 왜냐하면 삶이 곧 죽음으로 가는 순례이기 때문이다. 죽음은 삶의 정점이며 완전한 개화이다. 죽음 속에서 삶은 완결되며, 죽음 속에서 삶의 여정은 끝난다.

브하그완 라즈니쉬, 『혁명』, 1979

내가 예전부터 말해 온 이 존재는 국경을 넘어서라도 나를 따라올 것이다. 내가 어떻게 되든 간에 나는 이 동반자를 필요로 할지도 모른다. 왜냐하면 인과 관계의 법칙은 내 몸이 죽더라도 계속될 것이기 때문이다.

라이오넬 블루, 『천국으로 가는 뒷문』, 1979

죽음은 삶에서 유익하고도 필수적인 기능이다…. 만약 낡은 기관들이 새로운 기관들을 창조한 뒤 사라지지 않는다면, 새로운 기관들은 제 역할을 충실히 해낼 수 없다. 요컨대 개체의 죽음은 그 종이 살아남기 위해서 꼭 필요하다.

아이작 아시모프, 『파국의 선택』, 1980

어떤 유기체든 죽게 마련이다. 그리고 유기체의 죽음은 곧 유기적 삶의 끝을 뜻한다. 그러나 그것이 반드시 존재로서의 끝을 뜻하는 것은 아니며, 의식의 끝을 뜻하는 것은 더더욱 아니다.

존 맥머레이, 『이성과 감정』, 1938

죽음은 생명의 변형이다. 주검은 봄이면 또다시 새잎을 피우게 될 생명이라는 나무에서 떨어진 잎사귀에 지나지 않는다.

엘리퍼스 레비, 『죽음』, 1881

죽음은 자연의 법칙에 따라 한 개체가 다른 개체로 바뀌는 데 꼭 필요한 조건이다. 죽음은 생명의 조직과 발달에 없어서는 안 되는 지렛대와도 같다.

테야르 드 샤르댕, 『인간의 현상』, 1959

그 누구도 죽음이 자신의 성장에 도움을 준다는 사실을 알지 못한다. 죽음은 우리가 그 사실을 지각하지 못하도록 만든다. 죽음만 그러하겠는가. 거리, 부재 심지어는 잠 또한 마찬가지이다. 탄생은 우리에게 많은 것을 안겨주지만 죽음은 그보다도 더 많은 것을 안겨준다. 바로 우리가 지금은 볼 수 없는 빛깔을 보고 듣지 못하는 소리를 들으며, 또한 만질 수는 없지만 완전히 실재하는 몸과 사물들을 느낄 수 있게 해주는 미묘한 감각들을 통해서 말이다.

에드윈 아널드 경, 『죽음과 사후 세계』, 1901

숨을 거둘 때 당신은 사라지는 것이 아닙니다. 그것은 착각에 지나지 않습니다. 당신은 살아서 죽음의 문을 통과하게 되는데, 그곳에서 어떠한 의식의 변화도 느끼지 못할 것입니다. 당신이 가는 곳은 이상한 나라가 아니라, 성장 과정이 지속되는 명백히 실재하는 땅입니다…. 죽음은 하나의 통로이며 안식의 시간일 따름입니다. 죽음을 두려워하는 것은 해방을 두려워하는 것입니다. 의식이 육체를 떠나는 순간에 창조력이 사라지는 일이 어떻게 있을 수 있겠습니까? 자아가 육체로부터 자유로워지는 순간 빛과 평화와 자유와 안식이 있을 따름입니다.

패트 로데가스트와 주디스 스탠턴, 『에마뉘엘의 책』, 1985

더 나은 앎을 위해 이 세상을 버릴 것. 더 나은 삶을 위해 당신의 삶을 버릴 것. 더 나은 사랑을 위해 사랑하는 친구의 곁을 떠날 것. 이 세상보다 크고 집보다 아늑한 땅, 이 세상의 대들보가 세워지고 이 세상의 양심이 향해 가는 곳을 찾아갈 것.

토머스 울프, 『그대, 다시는 고향에 돌아가지 못하리』 중 「믿음」, 1934

사랑스러운 죽음이여

모든 것을 날개로 감싸며 소멸시키지 않고

또 다른 존재로 바꾸어 주는구나!

이 고통받는 육신을

더하지도 덜하지도 않게,

똑같지도 않게 만드는

사랑스러운 죽음이여,

변신은 그대의 또 다른 이름일지니.

랭스턴 휴즈, 1945

그가 자신에게 물었다. "그 누가 죽음을 삶을 멈추게 하는 달콤한 휴식으로, 예정된 목표 지점으로 생각할 수 있을까?"

아서 크리스토퍼 벤슨, 『잔잔한 물가에서』, 1907

어디를 가더라도 우리가 자연 안에서 발견할 수 있는 것은 죽음의 원리가 아니라 활력을 부여하고 존재를 지탱해 주는 원리이다. 자연은 절대적이고 완전한 죽음이 아닌, 의심할 바 없이 개별적인 현상들의 소멸만을 겪는 광대하고 무한한 생명이다. 죽음처럼 보이는 그 무엇도 새로이 출발하려는 생명의 징표이자 증명인 것이다. 죽음과 삶은 한층 더 고귀한 형태를 얻기 위한 생명 그 자체의 투쟁에 지나지 않는다.

브제레가르드, 『위대한 어머니』, 1913

죽음을 아름답고 깨끗한 호수로 볼 수 있다면, 의식이 육체로부터 빠져나가는 순간은 바로 우리가 기쁜 마음으로 호수에 뛰어들어 헤엄쳐 가는 순간이 될 것이다.

패트 로데가스트와 주디스 스탠턴, 『에마뉘엘의 책』, 1985

우리는 영혼입니다. 육신이 우리에게 즐거움을 주고, 지식을 얻거나 다른 사람들에게 선을 베풀면서 우리를 도와주는 한 우리가 육신을 빌릴 수 있다는 것은 신이 베풀어주신 자비입니다. 육신이 이러한 목적을 거스르고 우리에게 즐거움은커녕 고통을 안겨줄 때, 다시 말해 도움이 되기는커녕 방해만 될 뿐 대답이 되지 못할 때, 우리가 육신을 없앨 수 있다는 것은 참으로 자비로운 일입니다. 죽음이 그것입니다.

벤저민 프랭클린, 〈형이 죽고 난 뒤에 쓴 편지에서〉, 1756

애벌레와 나비가 존재하듯 미성숙한 육체와 완전한 육체가 존재한다. '죽음'이라는 것은 고통스러운 변형 과정에 지나지 않는다. 지금 우리의 육신은 덧없는 흐름 속에 있다. 우리의 미래는 완벽하고 최종적이며 영원하다. 궁극의 삶은 완전한 설계도이다.

에드거 앨런 포, 『최면술의 혁명』, 1844

모든 창조물의 끊임없는 죽음은 생명의 영속적인 재생에 꼭 필요하다.

제임스 러브록, 『가이아』, 1987

우리가 죽음이라 부르는 것은 진실로 죽음이 아니라 삶의 에너지가 비록 다른 환경과 다른 매개를 통해 작동하지만, 다른 형태로 여전히 존재함을 뜻한다. 단순한 물리적 힘이나 에너지가 아니라 그보다 더 위대한 힘이며 에너지인 생명은 절대 완전히 없어질 수 없다. 그러므로 '죽음'은 생명의 끝이 아니라 또 다른 형태로의 능동적 변화이다.

존 할시, 『불멸의 증거』, 1931

죽고 난 뒤의 삶은 열망과 영혼의 발전으로 이루어진다. 삶이 성장함에 따라 죽고 난 뒤의 삶도 성장한다. 그것은 지상에서의 삶을 보충하는 또 다른 삶이다…. 충족되지 않은 온갖 영혼의 갈망, 한층 수준 높은 삶에 대한 소망, 그리고 고귀함에 대한 열망은 영혼의 삶 속에서 활짝 피어난다. 지상에서의 삶이 암흑이었기에 영혼은 이제 한창때를 맞이하는 것이다.

블라바츠키, 《신지학 저널》, 1900

죽음은 없다. 다만 의식의 형태가 달라질 뿐.

마이어스, 『인간의 개성과 육체적 죽음의 부활』, 1903

삶과 죽음은 대립하는 두 힘이 아니라, 하나의 힘을 바라보는 두 가지 방식이다. 왜냐하면 변화라는 운동은 파괴자인 동시에 창조자이기 때문이다.

앨런 왓츠, 『불확실성의 지혜』, 1951

씨앗이 움트면 식물은 갑작스레 여기저기로 퍼져나간다. 오랫동안 움츠려 지내던 식물은 씨앗이 움트는 그 순간 자신이 해체되고 있다고 여긴다. 하지만 반대로 그것은 새로운 세상으로 나가는 것이다…. 갓 태어난 아기에게 탄생과 우리에게 죽음은 같은 것으로 보인다. 탄생은 이제껏 어머니의 자궁 안에서 살 수 있게 해주었던 모든 조건이 소멸하는 것이기도 하지만, 동시에 더 넓은 세상으로 나오는 것이기도 하기 때문이다.

구스타프 페히너, 『죽고 난 뒤의 삶』, 1836

우리는 우주가 하나의 통일체로서 커다란 목적과 의미를 지니고 있다고 믿으면서 모험을 계속해 나가야 한다고 결론을 내리는 경향이 있다.

윌리엄 어니스트 호킹, 『불멸의 의미』, 1957

그 어떤 탄생도, 정체성도, 형태도, 세상 그 어느 것도
진정 잃은 것은 없으며, 잃을 수도 없다.
생명도, 힘도, 그 어떤 겉모습도 그대를 좌절시킬 수 없고
달라진 모습도 그대를 혼란에 빠뜨리지 못한다.
시간과 공간은 광대하다. 자연의 들판도 광대하다.
육신은 이제 굼뜨고 늙고 차가워져서, 타다 남은 장작개비들만이
아직 남아 있을 뿐이다.
점점 희미해지는 눈빛은 다시 한번 타오를 것이니,
이제 서쪽 하늘에 낮게 걸려 있는 태양은 아침과 한낮을 위해 떠오를 것이며,
보이지 않는 봄의 법칙도 얼어붙은 대지로 찾아올 것이다.
풀과 꽃, 여름의 열매와 곡물과 함께.

월트 휘트먼, 『풀잎』, 1892

영원의 세계는 식물처럼 무기력해진 육체가 죽고 난 뒤 찾아가는 신성한 품이다.

윌리엄 블레이크

살아 있고, 생각하며, 존재에 대해 고민하는, 자연의 으뜸가는 작품인 신성한 인간이, 자신의 보물 상자를 비우고 나면 더 이상 아무것도 아닌 존재라는 것을 믿도록 요구받는다. 소위 무기물, 예컨대 떠도는 돌에도 존재하는 연속성의 원리가 의식과 기억, 정신과 사랑을 부여받은 영혼에서는 부인되어야 하는 것일까? 이런 생각은 실로 터무니없는 것이리라.

블라바츠키, 『베일을 벗은 이시스』, 1877

그러한 가치를 만들어온 세상이 이제 그것을 망각 속으로 던져버릴 수 있을까? 그것은 우주의 쓸모없는 것들에 대한 항의이다. 생존이라는 개념은 개인의 소망보다는 정당함에 대한 요구에서 생겨난다. 그것은 우주가 그 자신에 대해 갖는 의무이며, 우리가 애정에 대해, 이 세계의 정의에 대해 그리고 이 우주의 목적에 대해 요구하는 권리일 것이다.

헬렌 하우얼 닐, 『우주와 당신』, 1954

어찌하여 삶과 죽음이라는 모호한 말로 자신을 속이는가? 도대체 거기에 무슨 차이가 있는가? 그것은 기껏해야 우리의 넓디넓은 생애 가운데 어떤 풍경으로 들어가고 나오는 것에 지나지 않는다. 얼마나 많은 풍경이 우리에게 남아 있는가! 그러니 우리는 단지 여행을 서두를 뿐 끝내지는 않는다.

에드워드 불워리턴, 『고돌핀』, 1870

태어나기 전이나 죽고 난 뒤에는 그 무엇도 존재하지 않는다는 가설을 서구 세계에서는 대체로 당연하게 받아들인다. 이러한 주장은 우주 안에 존재하는 모든 것들의 생명이 진공 상태에서 움직인다는 맹목적인 추정에 의지하고 있다. 이는 움직이지 않던 물질이 활력을 띠게 되는 데는 이유가 없으며 또한 그 물질이 기적처럼 흔적도 없이 사라진다는 것을 믿도록 우리에게 강요한다.

필립 캐플로, 『죽음의 바퀴』, 1971

강과 바다가 하나이듯 삶과 죽음도 하나이다.

칼릴 지브란, 『예언자』, 1934

이 유한한 육신은 영원히 죽음의 손아귀에 있다. 그러나 그 속에는 형태도 없는 불멸의 자아가 살고 있다. 육신의 의식을 관장하고, 감각 기관들이나 정신과는 다른 것으로 자아를 인식하며, 자신을 그 참된 빛 속에서 이해할 때, 우리는 즐겁고 자유로워질 수 있다.

『찬도기야 우파니샤드』

깨달음의 시선, 예컨대 산을 휘도는 독수리의 눈으로 세상을 바라보는 것은, 우리가 삶과 죽음 사이에 있으리라 상상했던 경계가 허물어지는 풍경을 내려다보는 것과 같다…. 우리가 무지의 소산으로 '삶'이라 부르는 것과 역시 무지의 소산으로 '죽음'이라 부르는 것은, 총체 속에서 움직이는 서로 다른 면에 지나지 않는다.

소걀 린포체, 『삶과 죽음을 바라보는 티베트의 지혜』, 1992

죽음은 탄생보다 더 단순하다. 죽음은 연속선상의 한 과정일 뿐이다. 불가사의한 것은 죽음이 아니라 탄생이다.

스튜어트 에드워드 화이트, 『무한한 우주』, 1940

죽음보다 더 창조적인 것은 없다. 죽음은 삶의 모든 비밀이며, 우리가 모두 태어나기 전에 살았던 미지의 세계이다.

앨런 왓츠, 『불확실성의 지혜』, 1951

삶과 죽음은 동전의 양면과도 같다. 죽음은 삶과 마찬가지로 사람의 성장에 꼭 필요하다.

모한다스 간디, 1920

태어난 것은 반드시 죽게 마련이다. 탄생과 죽음은 우리에게 일어나는 하나의 사건이며, 삶이라 불리는 작은 틈에 의해 둘로 쪼개지는 하나의 사건이다.

에드윈 아널드 경, 『죽음과 사후 세계』, 1901

그것은 여기서 시작되지도 않았고, 또한 여기서 끝나지도 않을 것이다.

메이블 텔퍼드, 『망가진 류트의 현』, 1970

죽음은 무대의 끝이지 여정의 끝이 아니다. 길은 우리의 앞 너머로 계속 뻗어나간다.

올리버 로지 경, 『삶과 죽음』, 1915

무덤은 막다른 길이 아니라 활짝 열린 통로이다. 나는 무덤이 늘어가는 것을 기쁜 마음으로 바라볼 것이다. 영원을 향한 갈망은 영원을 증명한다.

빅토르 위고, 1880

지상의 거처에 신물이 나고 육신의 집이 지닌 한계에 싫증을 느끼는 것은 정신이다. 정신이 멀리 달아나려 애쓰는 만큼 육신의 생명력은 약해진다. 그리고 정신의 수많은 기능을 이끌던 잠재의식은 마지막 해체가 일어나기 전까지 그리고 뱀이 허물을 벗듯 육신이 벗겨져 그 목적을 성취하기 전까지 상하고 고통 받는다.

에바 마틴, 『별의 비밀』, 1913

죽음은 영혼과 먼지가 나누는 대화이다.
"분해되시오." 죽음이 말한다.
"제게는 또 다른 믿음이 있습니다." 영혼이 말한다.
그 말이 의심쩍은 죽음이 땅 밑에서 논박한다.
다만 증거로 진흙 외투를 벗어놓으며 영혼은 돌아선다.

에밀리 디킨슨, 『시집』, 1890

겉으로만 탄생처럼 보이는 것이 있듯이, 겉으로만 죽음처럼 보이는 것이 있습니다. 존재being로부터 생성becoming으로 변하는 것은 탄생처럼 보이고, 생성으로부터 존재로 변하는 것은 죽음처럼 보입니다. 그러나 실로 그 누구도 영원히 태어난 적이 없으며, 그 누구도 영원히 죽은 적이 없습니다. 보이게 되었다가, 그다음엔 보이지 않게 되는 것일 뿐입니다.

아폴로니우스, 〈발레리우스에게 보내는 편지에서〉, A.D. 70

죽음이란 얼룩무늬 조끼를 입고 새로운 모습으로 나타나도 낡은 것일 뿐.
이렇게 모든 것은 다만 바뀔 뿐, 죽지 않는다.
여기저기서 육체를 떠난 영혼들이 날아다닌다.
겉모습만 바뀌었지, 봉인은 여전히 그대로인 채.
죽음이란 것은 다만 겉모습만 달라지게 할 뿐.
또 다른 곳에서 자신의 운명을 찾기 위해
불멸의 영혼은 빈 곳으로 날아가는구나.

오비디우스, A.D. 10

우리 안에서 죽는 것은 오감뿐이다. 그 너머에는 상상할 수조차 없이 숭고한 것이 있다.

안톤 체호프, 『노트』, 1904

이것은 죽음이 아니라 탄생, 즉 속박으로부터의 자유이다. 또한 잃는 것이 아니라 얻는 것, 즉 어둠 뒤에 오는 햇살이다.

마거릿 캐머런, 『일곱 가지 목적』, 1918

당신은 육체라는 장신구를 벗고 다른 세상과 조화를 이루면서, 또 다른 생각들에 반응을 보이고 있을 뿐입니다.

제인 로버츠, 『세드는 말한다』, 1972

'삶'이라 불리는 열병은 결국엔 정복된다.

에드거 앨런 포, 「애니를 위하여」, 1844

철학자에게 죽음은 너무나 간절한 최후의 소망이다. 왜냐하면 그것
은 참된 앎으로 통하는 문을 열어주기 때문이다. 육체에 묶여 있다
가 자유로워진 영혼은 마침내 투명하고 거룩한 비전을 얻게 된다.

소크라테스, 최후의 날에

참으로 진실한 신비여!
친절한 장막이여.
'이 길'은 너그럽게도
모두를 위한 기적을
손짓으로 가리키고 있구나.

에밀리 디킨슨, 『시집』, 1890

마음을 달래는 건전한 정신과 완성의 즐거움,
허세와 허둥대는 경쟁의 불꽃, 그리고 서두름은 모두 끝났다.
승리여! 변모여!
환호하라!

월트 휘트먼, 『풀잎』, 1892

대지는 거대한 망명지와 같고 죽음은 거대한 귀환과 같다.

레이노어 존슨, 『갇힌 광휘』, 1913

죽음은 능동적인 힘이며 삶은 원형 격투장이다. 죽음에 대한 명확한 이해가 없으면 질서도, 진지함도, 아름다움도 없다.

카를로스 카스타네다, 『침묵의 힘』, 1987

밤은 저무는 낮에 입맞춤하면서 귀에 대고 이렇게 속삭인다.
"나는 너의 어머니, 죽음이란다. 네게 새로운 탄생을 안겨주마."

라빈드라나드 타고르, 『길 잃은 새들』, 1917

육신의 죽음을 두고, 이 세상에서 밤에 잠을 자기 위해 현재의 육신 속으로 잠시 물러나 있는 것보다 더 큰 단절이라 생각해서는 안 된다.

해럴드 퍼시벌, 『생각과 운명』, 1946

그 길은 줄곧 오르막길을 휘돌아 갑니까?

예, 바로 저 끝까지요.

그럼 오늘 하루 꼬박 가야겠군요?

친구여, 아침부터 밤까지 가야 합니다.

그런데 밤에 쉴 곳은 있을까요?

슬슬 어둠이 찾아오기 시작할 때를 대비한 집이 있지요.

혹 어두워서 안 보이는 건 아닐까요?

그러진 않을 거예요.

밤에 또 다른 나그네들을 만날 수 있을까요?

먼저 간 사람들이 있을 겁니다.

그럼 문을 두드려야 합니까, 아니면 밖에서 불러야 합니까?

그들은 당신을 문밖에 세워 두지는 않을 겁니다.

거기서 위안을 얻을까요, 여독으로 병약해질까요?

수고한 대가를 얻게 될 거예요.

그곳엔 잠자리가 마련되어 있나요?

그럼요, 누구에게나 잠자리는 마련되어 있지요.

크리스티나 로제티, 『시집』, 1896

죽음을 귀향이라 생각하라.

중국 속담

우리가 그곳에 다다랐을 때 우리는 모두 다시 만날 것입니다.

레오 톨스토이

나는 죽음을 이 방에서 나와 저 방으로 들어가는 것 이상으로 받아들일 수 없다.

윌리엄 블레이크, 1826

우리가 더 이상 죽음을 끝없는 삶 속에서 일어나는 유일하게 설명할 길 없는 단절이 아닌, 잠과도 같이 불가피하고 자연스러우면서 끊임없이 되풀이되는 삶의 리듬으로 생각할 때, 분명 죽음은 새롭고 보다 깊은 의미를 얻을 수 있다.

맥타가르트, 『종교의 교의들』

아! 경이로운 바다 위에서

소리 없이 항해하는,

여보시오! 항해사님, 여보시오!

그대는 그 해안을 아시오,

파도도 으르렁거리지 않고

폭풍우도 잠잠해진 그 해안을?

많은 돛이 안식에 잠겨 있고

몇은 단단하게 내려진

그 평화로운 서쪽으로

나는 그대를 향하게 하리다.

대지여 오! 영원이여!

마침내 해안에 가 닿았군요!

에밀리 디킨슨, 『시집』, 1890

사실 불멸은 하나의 신화인지도 모른다. 그러나 개개인의 불멸은 삶의 가장 심오한 진실 가운데 하나이다. 왜냐하면 한 인간의 정신적, 육체적 특성으로 이루어지는 개성은 시간에 따라 변화하는 세상에 속해 있지만, 개인의 인격은 인간의 영혼에 속해 있으면서 변치 않는 성질들로 이루어져 있기 때문이다. 이는 개성이나 자아라는 가면을 외적 치장에 불과한 것으로 여긴다는 뜻이다.

로렌스 벤딧, 『이 세상과 저세상』, 1950

어쩌면 죽어가는 것은 한낱 아주 보잘것없는 각각의 자아일지도 모른다. 우리가 죽어 없어지는 동안 생동하는 영생의 존재는 모두 날개를 펼치고 자유롭게 날아갈지도 모른다. 죽어 없어지거나 아니면 좀 다른 방식으로 영생을 얻거나와 관계없이, 살아보았고 사랑해 보았다는 것은 참으로 다행한 일이다.

올라프 스테이플던, 『삶으로 가는 죽음』, 1946

몸이 없어진다고 해서 죽음을 여행의 끝으로 볼 수는 없다. 아직도 해야 할 일들이 있을 것이며, 그 일들은 아주 친숙하고, 여전히 신비로우며 흥미진진할 것이다.

메리 오스틴, 『죽음에 임하는 경험』, 1931

만약 우리가 죽음에서 살아남을 수 있다면, 그것은 삶 그 자체의 본질 속에 깃들어 있으며 그 어떤 종교나 철학과도 상관없는 것은 사실입니다. 죽음이 지각과 감정의 문을 닫는 것은 아님을 나는 본능적으로 느낍니다. 죽음은 삶이라는 책에 '끝'이라고 쓰지 않습니다.

라일 텔퍼드, 〈스콧 니어링에 보내는 편지에서〉, 1969

육신은 죽더라도 아직 태어나지 않은 영원한 영혼은 죽지 않는다. 누군가 영혼의 죽음을 도모한다 해도, 죽은 자가 그 자신이 죽었다고 생각한다 해도, 영혼은 죽지 않을 뿐만 아니라 죽어 있지도 않다. 그것을 육신들 사이에서 육신을 갖고 있지 않은 것으로, 또한 변하는 것들 사이에서 변하지 않는 것으로 생각하면서, 현자는 그 모든 고통을 던져버린다.

『카타 우파니샤드』

목차는 뜯기고 글씨와 금박 장식은 벗겨진

낡은 책의 표지처럼

출판업자 B. 프랭클린의 육신이

여기 벌레들의 먹이가 되어 누워 있다.

하지만 작품은 사라지지 않을 것이니,

그가 믿었던 바대로

저자가 교정을 본

한층 새롭고도 우아한 판으로

다시 한번 나타날 것이기에.

벤저민 프랭클린이 스물두 살 때 쓴 비문

세상일을 더 많이 관찰하고 연구할수록, 나는 이별과 죽음에 대한 슬픔이 가장 큰 망상이라는 확신을 굳히게 된다. 그것이 망상임을 깨달을 때 우리는 자유로워진다. 존재의 본질에는 죽음도, 이별도 없다. 비극은 우리가 친구들을 사랑하고 있는데도 불구하고 잠시 그들의 실체를 덮고 있는 비본질적인 부분이 파괴되는 것을 슬퍼하는 데 있다. 참된 우정은 단편들을 통해서 전체에 도달해야만 한다.

모한다스 간디, 『제자에게 보내는 편지들』, 1950

탄식 끝에 안식을 약속받은 사람들 가운데 누가 불멸이라는 이 생생한 사실에 의문을 품을 것인가? 영혼은 육신을 갖고 있으며, 육신이 언제 그 자신의 목적에 봉사했는지를 잘 알고 있다. 그리고 영혼은 더욱 위엄있게 육신을 얼룩진 옷처럼 벗어 던질 줄 안다.

루시엔 프라이스, 『모든 영혼을 위한 기도』, 1924

죽는다는 것은 살기 시작한다는 것이다. 오래 끌어온 지리멸렬한 일을 끝내고, 더욱 새롭고 나은 일을 시작하는 것이다. 그리고 신과 선의 사회를 위해 사기꾼들에게서 떠나 가장 사랑하는 이들에게 가게 되는 것인데, 내가 왜 슬퍼하고 괴로워해야 하는가?

소포클레스, 〈사형 집행 때〉

살아남은 자의 정신은 초라하다. 그것은 상실을 볼 뿐, 해방감을 느끼지는 않는다.

그레이엄 밸푸어, 『로버트 루이스 스티븐슨의 삶』, 1901

이 세상이 끝은 아니니,

음악처럼 보이진 않지만

소리처럼 확실하게

결론은 저 너머에 있네.

그것은 우리를 부르면서 거절하네.

철학으로는 알아내지 못하니,

결국엔 현명함이 그 수수께끼를 풀어야 하리라.

그것을 알아내려다 학자들은 혼란에 빠졌으니,

이를 위해 인간은 많은 세대를 경멸했고

십자가의 죽음을 알게 되었구나.

에밀리 디킨슨, 『시집』, 1890

삶에서 죽음은 성장의 마지막 단계이다. 완전한 죽음이란 없다. 오
직 육신의 죽음이 있을 뿐. 자아나 영혼 또는 뭐라 이름 붙이든 그
것은 영원하다.

엘리자베스 퀴블러 로스. 『죽음, 성장의 마지막 단계』, 1975

죽음을 상실이라 여기는 것은 아주 커다란 착각이다. 밤하늘의 별들이 환하게 빛날 때, 이 별들은 의심할 바 없이 정신을 둘러쌀 것이고, 살아 있음의 온갖 기쁨과 고통을 느끼며 생각과 감정과 추억으로 또다시 떨릴 것이다.

래프카디오 헌, 『코토』, 1900

우리는 죽음을 슬퍼할 게 아니라 그것을 존경하고 존중해야 합니다.

아폴로니우스, 〈발레리우스에게 보내는 편지에서〉, A.D. 70

우리 시대의 심각한 문제는 불멸에 대한 믿음이 약해지고 있다는 점이다.

조지 오웰, 『스페인 내전을 돌아보며』, 1945

여느 사람들과 마찬가지로 나 역시 무한함에 확신을 갖지는 못하지만, 그렇다고 유한함을 인정하지는 않는다.

시몬 드 보부아르, 『노년』, 1972

신앙이 없는 사람은, 결국 죽고 난 뒤 깨어나서 불멸의 존재가 된 자기 자신을 발견하게 될지도 모른다는 꺼림칙한 느낌이 있다.

멘켄, 1949

생각을 하는 사람에게 생각하는 것과 사는 것을 끝내고 자신을 비존재로 여기는 일은 있을 수 없는 일이다. 모든 사람이 아직 자기 안에 불멸의 증거를, 그것도 자발적으로 갖고 있다.

괴테, 1830

죽음이 좋은 일이 아니라고는 말할 수 없다. 무덤이 삶의 끝인지 아니면 다른 삶으로 통하는 문인지, 혹은 여기의 밤이 다른 곳에서는 새벽일지 알 수 없는 일이다.

로버트 잉거솔, 『나는 왜 불가지론자인가』, 1890

나는 바닷가에 서 있다. 배 한 척이 아침의 산들바람을 맞으며 흰 돛을 펼치고 푸른 바다를 향해 떠나간다. 배는 아름답고 힘차다. 나는 여기 서서 마침내 바다와 하늘이 맞닿는 곳에서 배가 리본과 같은 한 조각 흰 구름이 될 때까지 지켜본다. "저기 봐! 배가 사라졌어." 그런데 내 옆에 있던 누군가가 "어디로 사라졌어?"라고 묻는다. 우리가 본 것은 그게 전부이다. 우리 쪽에서 떠났을 때처럼 그리고 여전히 화물들을 목적지까지 실어 나를 수 있을 만큼 돛대와 선체와 둥근 몸체는 예전 그대로이다. 배는 우리 눈에만 작아졌다고 보일 뿐이다. 당신이 "저기 봐! 배가 사라졌어!"라고 말하는 순간, 다른 이는 "저기 봐! 배가 오고 있어!"라며 기쁨의 환호성을 지를 것이다. 그것이 바로 죽음이다.

작자 미상

죽음은 한 사람은 살아남고 다른 한 사람은 어디론가 가는 것, 즉 친교가 깨어지는 것이다. 또한 우리가 우리 자신이라고 불러왔던 공동체의 타락과 붕괴이다. 함께하던 것은 끝나고, 영혼과 육체는 하나이기를 멈춘다. 하지만 지금도 그리고 앞으로도 없어지지 않을 영원한 요소들이 있을 것이다.

새뮤얼 버틀러, 『노트』, 1870

이 세상에서의 모험은 고요한 바다의 품에서 끝이 난다. 그러나 그 고요한 바다를 이루고 있는 한 방울 한 방울의 물은 여전히 자기 모습을 지니고 있다.

테야르 드 샤르댕, 『우리의 세계』, 1924

죽음은 삶의 최고 형태이다···. 우리는 자신과 다른 이들의 죽음을 삶의 자연스러운 한 부분으로 받아들여야 한다.

마르그리트 유르스나르, 『두 눈을 뜨고』, 1980

죽음은 등불을 끄는 것이 아니다. 그것은 다만 날이 밝았기에 등불을 끄는 것에 지나지 않는다.

라빈드라나드 타고르

죽을 때 우리는 소멸하는 것이 아니라 더 활활 타오르는 불꽃에 흡수되는 것이다.

앤 모로 린드버그, 『금의 시간, 안내의 시간』, 1973

죽음! 시간과 공간의 무한함에 대해 생각해 보라. 서두를 것도, 억눌릴 것도 없다. 눈부신 평화와 경이로움만이 가득 차 있을 뿐.

피에트로 페루치,『우리는 무엇일까』, 1982

우리의 눈을 가리는 빛은 어둠과 다를 바 없다. 우리가 깨어 있는 날에만 아침이 밝아온다. 아직 밝아올 아침이 많이 있다. 태양은 샛별에 불과하다.

헨리 데이비드 소로,『월든』, 1854

참된 사람이라면 우연히 깃들었던 유한한 육신이 죽은 뒤에도 살아남을 것임을 나는 굳게 믿고 있다.

랠프 홀랜드,『화랑에서 들려오는 목소리』, 1950

"사람은 영원히 살 수 있습니까?"라는 질문에 부처가 대답했다. "당신이 알고 있는 사람은 영원히 살 수 없습니다."

작자 미상

죽음 이후에 부활이 온다고 믿느냐고 기자들이 물었을 때, 에디슨은 "내가 아는 유일한 부활은 또다시 새로운 삶의 주기를 시작하는 것입니다."라고 대답했다.

작자 미상

죽고 나면 우주의 모험이 우리의 모험이 된다. 그러니 "우리는 거기에 가지 않을 텐데, 그게 무슨 상관이냐."라고 말하지 말자. 우리는 언제나 거기에 있을 것이다. 왜냐하면 모든 것이 거기에 있을 터이기 때문이다.

모리스 메테를링크, 『우리의 영원함』, 1913

영혼은 결코 태어난 적이 없었으니,
존재하기를 그치지도 않을 것이다.
시간은 결코 존재하지 않았으니,
시작과 끝은 한낱 꿈이로구나.
태어나지도, 죽지도, 변하지도 않은 채 영혼은 영원히 남아 있을지니.

『바가바드 기타』, B.C. 500

만약 삶을 여행으로, 그리고 죽음을 여행이 끝나는 저녁 무렵에 마침내 이르게 되는 여관으로 부를 수 있다면, 죽음도 다른 여관처럼 그저 잠시 들르는 곳일 뿐이리라. 이 세상에서 우리가 겪는 경험은 매우 피상적이며 부단한 현재의 한순간에 지나지 않는다. 비록 누군가 그것을 영원이라 부른다 해도 분명 그것은 계속되어야 한다. 그러므로 우리가 해야 할 일이란 다시 시작하는 것뿐이다.

월터 드 라 메어, 『회귀』, 1910

의심할 바 없이, 아직도 다른 많은 사람이 더 큰 열정과 지혜로 논의해야 할 것들이 많이 남아 있다. 하지만 그렇다고 해서 누군가 이 세상에서 우리의 불확실함을 없애줄 말을 하리라 기대해서는 안 된다. 이 세상 누구도 그리고 다음 세상에 올 누구도 우주의 위대한 비밀을 발견하지 못할 확률은 아주 높다. 우주의 신비 앞에 서 있는 우리를 겸허하게 지켜보기를.

모리스 메테를링크, 『우리의 영원함』, 1913

역자의 말
서양과 동양의 노사老死관
나이듦과 죽음에 관한 더 큰 관심으로 찾는 마음의 평화

이 책은 우리나라에서도 번역 소개된『아름다운 삶, 사랑 그리고 마무리』의 저자 헬렌 니어링이 편집한 *Light on Aging and Dying*을 번역한 것이다. 이 세상에서 가장 확실한 것은 누구나 죽는다는 사실인데도 우리는 죽음에 대해 너무 무관심하고 아는 것이 없다. 특히 현대인은 죽음을 외면하면서 살아가고 있다. 피할 수 없는 죽음이 고통스러운 것이라면 이런 죽음을 안고 살아야 하는 삶 또한 고통스러울 수밖에 없다. 그러나 이 책은 죽음이 반드시 고통스럽거나 허망한 것만은 아니라는 생각을 담고 있다.

이 책은 주로 서양 사람들의 나이듦과 죽음에 관한 단편적인 생

각을 모은 것이다. 삶과 죽음에 관한 동양인과 서양인의 생각은 사뭇 다르다. 동양인의 죽음이 담담하고 무색적이라면, 서양인의 죽음은 상당히 밝고 희망적이기도 해서 화려한 색으로 치장되어 있다는 느낌이다.

이 책을 엮은 헬렌 니어링은 백 세에 죽음을 당당하고 능동적으로 맞이한 남편 스콧 니어링과 함께 삶과 죽음의 문제를 깊이 사색하며 적극적으로 살다 간, 현대 서양인으로는 보기 드문 현인이라 할 수 있다. 선명한 의식을 가지고 죽어가는 남편을 지켜보면서 그는 죽음이 결코 모든 것의 끝일 수는 없다고 생각하며 글을 모았다.

현대인은 병원에서 태어나 병원에서 죽는다. 인공수정, 임신중절, 안락사, 장기이식 등 현대인들의 생사문제는 의사의 판단에 의해 결정된다. 건강과 장수에 대한 사람들의 기대치는 의학의 발달을 앞지르고 삶에의 집착도 그만큼 더 강해지고 있다. 생사문제를 의사의 판단에 맡기고, 항상 젊기만을 바라고 죽음에 대한 생각은 죽도록 싫어하는 현대인 대부분에게 헬렌 니어링과 스콧 니어링의 삶과 죽음은 그만큼 의미 있는 것이라 하겠다.

과학적 사고에 길들여진 현대 지성인들, 특히 생사에 지대한 결정권을 행사하는 의사들은 유물론적 성향이 강하다. 이들은 죽음

을 단멸론적으로 보아 심장이 멎고 목숨이 끊어지고 두뇌 활동이 정지하면 의식도 일절 사라져서 남는 것은 아무것도 없다고 주장한다. 이런 과학주의자들에게 윤회론은 경험과학적으로 입증될 수 없는, 그래서 생산적 논의의 대상이 될 수 없는 공허한 이야기일 뿐이다. 이들에게는 전생도, 내세도 없고 오로지 금생만 있을 뿐이다. 이들은 죽음을 절대악으로 보고 목숨이 떨어지는 마지막 순간까지 수단 방법을 가리지 않고 목숨을 연장하며 죽음을 기피하기 위해 진력한다.

이러한 서양 사상에는 윤회론과 도덕적 인과론이 들어설 자리가 없다. 나의 죽음은 절대악이지만 남들의 죽음은 자기의 부와 권력을 추구하는 과정에서 쓸어버려야 할 장애물 정도로 치부해버린다.

이 책에 소개된 사상가들의 늙음과 죽음에 대한 생각은 유물론적 문화 풍토에서는 예외적으로 반유물론적이다. 죽음을 절대악으로 치부하며 기피하는 현대인들과는 달리 이들의 죽음에 대한 태도는 매우 긍정적이며 적극적이다. 이들은 늙음을 인격완성의 과정으로, 죽음을 더 높은 영적 세계로의 관문으로 보고 있다. 그래서 죽음을 맹목적으로 두려워하고 외면하는 현대인에게 죽음을 직시할 수 있는 용기를 준다.

19세기와 20세기는 서양 지성들의 지적 오만이 강했던 때다. 과학적 사고에 젖은 이들은 역사 발전 사관에 입각해 항상 과거보다는 현재, 현재보다는 미래가 더 발전된 문명을 향유한다고 단정했다. 이 책에 나오는 사상가 대부분은 서구문화 우월주의가 팽만했던 때를 살았다. 그러나 지금은 사정이 많이 달라져 서구에서도 비서구 문화를 적극적으로 이해하고 수용할 준비가 되어 있다.

고대 인도에서는 붓다가 태어나기 훨씬 전부터 업과 윤회를 당연시했다. 수많은 출가 사문들이 고행과 명상 속에서 윤회고를 벗어나는 길을 찾아왔다. 불교에서는 태어나고 늙고 병들고 죽는 삶이 고苦라는 사실을 직시하고 이러한 삶의 괴로움을 벗어나는 길을 팔정도八正道로 제시하고 있다. 불교는 시종 생과 사의 고통에서 완전히 벗어나 해탈 열반에 드는 것을 최종 목적으로 한다.

죽음이 궁극적인 종말, 완전한 정지라면 이것이 불교가 최종 목표로 삼는 윤회로부터의 벗어남, 해탈 열반과는 어떻게 다른지 생각해 볼만하다. 붓다 당시에도 도덕을 부정한 단멸론자들이 있었다. 이들이 죽음으로써 업이 저절로 소멸되어 육도윤회로부터 벗어났다는 것은 있을 수 없는 일이다. 이들은 생전 쌓은 업에 따라서 또 다른 혹독한 생을 시작한다고 보아야 할 것이다. 윤회로부터의 벗어남은 오로지 팔정도 수행을 통해서 무명과 갈애를 멸진할 때만 가

능하다는 것이 불교의 기본이다.

우리는 모두 늙어가는 삶, 죽어가는 삶을 살고 있다. 그런데도 늙고 죽는 문제를 직시하고, 깊이 생각하면서 살아가는 사람은 그리 많지 않다. 헬렌 니어링은 유물론적 단멸론을 거부하고 있다. 하지만 니어링 부부는 죽음에 관한 깊은 사색과 용기 있는 실천적 노력을 했음에도 불구하고 업과 인과로 이어지는 생사윤회의 실상을 밝히고 그 고통에서 벗어나는 팔정도를 열어 보인 불교를 제대로 만나지 못했다는 아쉬움이 있다. 만약 불법을 만나서 올바른 수행도량으로 들어섰더라면 더 높은 깨달음의 경지에 들어 이웃을 밝히는 횃불이 될 수도 있었을 것이다.

죽음이라는 문제에는 불교 이외에 정답이 없다. 각자의 죽음과 죽음에 관한 생각은 삶이 다양한 만큼 다를 수밖에 없기에 삶과 죽음의 문제에 일반론이란 있을 수 없다. 누구도 스스로 죽어본 경험이 없기에 죽음 앞에서 큰소리할 수는 없다. 하지만 아무런 마음의 준비도 없이 죽음에 덜미를 잡혀가는 것보다는 죽음의 문제를 평소 진지하게 생각하며 살아가는 것이 그나마 죽음을 밝게, 편안하게 그리고 당당하게 맞이하는 데 도움이 되고 또 보다 깊고 풍요롭게 살아가는 데도 보탬이 되지 않을까 생각한다.

우리의 관심을 물질문명에서 정신문명으로 고양하는 데는 늙고

죽는 궁극적 문제에 더 큰 관심을 두는 것 이상으로 중요한 것이 없다. 그런 뜻에서 이 책은 소중한 의미를 담고 있다.

2022년 봄 全炳梓

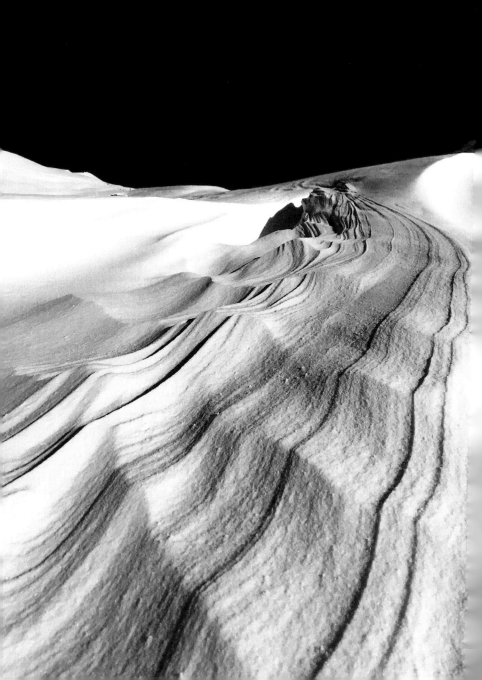

찾아보기

활기찬 노년과
빛나는 죽음을 맞으라
헬렌 니어링이 뽑아 엮은,
나이듦과 죽음에 관한 지혜의 말들

초판 1쇄 발행 2022년 3월 31일
　　　2쇄 발행 2024년 4월 5일

엮은이 | 헬렌 니어링
옮긴이 | 전병재
펴낸이 | 박유상
펴낸곳 | 빈빈책방㈜

편　집 | 배혜진 · 정민주
디자인 | 박주란

등　록 | 제2021-000186호
주　소 | 경기도 고양시 덕양구 중앙로 439 서정프라자 401호
전　화 | 031-8073-9773
팩　스 | 031-8073-9774

이메일 | binbinbooks@daum.net
페이스북 | /binbinbooks
네이버블로그 | /binbinbooks
인스타그램 | @binbinbooks

ISBN 979-11-90105-43-9　03840